Nippon所藏

日本商店街巡禮

目次

Opening

Part.1

元素 Element

Part.2

商家＋會話
Type & Conversation

Part.3

特色商店街
View

Part.4

小品 Esse

Part.5

專家視角 Special

掃描 QR Code 聆聽音檔，購書讀者完成註冊、驗證與免費訂閱程序後，即可啟用音檔。音檔限本人使用，違者依法追究。

Opening

走進日本商店街

Part.1

元素

Element

001

日本商店街的定義與魅力

商店街の定義

日本《にほん》の伝統的《でんとうてき》な商店街《しょうてんがい》は地域文化《ちいきぶんか》、社《しゃ》交《こう》、日常生活《にちじょうせいかつ》の融合《ゆうごう》した空間《くうかん》だ。通常《つうじょう》は街《まち》の中心部《ちゅうしんぶ》や駅《えき》の近《ちか》くに位置《いち》し、地《じ》元《もと》住民《じゅうみん》にとって重要《じゅうよう》な生活圏《せいかつけん》となっている。現代的《げんだいてき》な大型《おおがた》ショッピングセンターや電気街《でんきがい》にはない温《ぬく》もり、親近《しんきん》感《かん》、厚《あつ》い人情《にんじょう》を特長《とくちょう》とし、昭和《しょうわ》の昔懐《むかしなつ》かしい情緒《じょうちょ》を喚起《かんき》することが多《おお》い。

商店街《しょうてんがい》は通常《つうじょう》、一本《いっぽん》または複数本《ふくすうほん》の狭《せま》くて長《なが》い通《とお》りで構成《こうせい》され、両側《りょうがわ》に小《ちい》さな商店《しょうてん》が建《た》ち並《なら》ぶ。店《みせ》の種類《しゅるい》は、新鮮《しんせん》な青果《せいか》を販売《はんばい》する**八百屋《やおや》**$_1$、**魚介《ぎょかい》**$_2$類《るい》を販売《はんばい》する魚屋《さかなや》、**香《こう》ばしい**$_3$匂《にお》いを放《はな》つパン屋《や》、焼《や》き肉《にく》の香《かお》りを漂《ただよ》わせる居酒《いざか》屋《や》、伝統的《でんとうてき》な和菓子店《わがしてん》、**生地店《きじてん》**$_4$、**金具《かなぐ》店《てん》**$_5$など多岐《たき》にわたる。いずれも小規《しょうき》模《ぼ》ながら、種類《しゅるい》が豊富《ほうふ》なため、日常生《にちじょうせい》活《かつ》の**ニーズ**$_6$をほぼ満《み》たすことができる。さらに重要《じゅうよう》な点《てん》は、家族経営《かぞくけいえい》の店《みせ》が多《おお》く、経営者《けいえいしゃ》と客《きゃく》の間《あいだ》に長期《ちょうき》にわたる親密《しんみつ》な関係《かんけい》が構築《こうちく》されていることで、商《しょう》店街《てんがい》での買《か》い物《もの》は単《たん》なる**取引《とりひき》**$_7$にとどまらず、一種《いっしゅ》の社交《しゃこう》となっている。

伝統的《でんとうてき》な商店街《しょうてんがい》の最大《さいだい》の特徴《とくちょう》は人情味《にんじょうみ》だ。客《きゃく》が店《みせ》に入《はい》ると店主《てんしゅ》は親切《しんせつ》な挨拶《あいさつ》で迎《むか》え、何《なに》か必要《ひつよう》か聞《き》いたり、親《した》しげに世間話《せけんばなし》をしたりする。店主《てんしゅ》は**馴染《なじ》み客《きゃく》**$_8$の好《この》みを知《し》っており、客《きゃく》が口《くち》を開《ひら》く前《まえ》にぴったりの商品《しょうひん》を薦《すす》めることも多《おお》い。このような地域的《ちいきてき》な雰囲気《ふんいき》が濃《のう》厚《こう》だからこそ、商店街《しょうてんがい》は単《たん》なる買《か》い物《もの》の場所《ばしょ》ではなく、人々《ひとびと》が互《たが》いにつながる場《ば》となっている。

昭和のレトロな風景が魅力

昭和《しょうわ》の味《あじ》わいも伝統的《でんとうてき》な商店街《しょうてんがい》の無視《むし》できない魅力《みりょく》の一《ひと》つだ。商店街《しょうてんがい》には昭《しょう》和《わ》の特徴《とくちょう》を色濃《いろこ》く残《のこ》す建物《たてもの》が多《おお》く、大《たい》半《はん》は木造《もくぞう》や**レンガ**$_9$造《づく》りで、店構《みせがま》えも簡素《かんそ》で昔懐《むかしなつ》かしさがある。旧式《きゅうしき》の看板《かんばん》や**レトロな**$_{10}$広告《こうこく》ポスター、昔《むかし》ながらの陳列台《ちんれつだい》を残《のこ》している店《みせ》もあり、通《とお》り

日本商店街的定義

日本傳統商店街是一種融匯地方文化、社會互動與日常生活的空間，這些商店街通常位於城鎮的中心地帶或是車站附近，是當地居民重要的生活圈核心。與現代化的大型購物中心或電器街不同，傳統商店街以其溫暖、親切和濃厚的人情味著稱，往往能喚起人們對昭和時代的懷舊情感。

商店街通常由一條或多條狹長的街道組成，兩側排列著各式各樣的小型商店。商店的種類五花八門，包括販賣新鮮蔬果的八百屋、專門售賣魚類的魚屋、香氣撲鼻的麵包店、飄散烤肉香氣的居酒屋、以及傳統日式糕點店、布料店、五金店等。這些商店雖然規模不大，但種類豐富，幾乎能滿足日常生活的所有需求。更重要的是，許多商店都是家族經營，經營者與顧客之間建立了長期且親密的互動關係，讓購物過程不僅僅是商業交易，更是一種社交行為。

傳統商店街最大的特色在於其人情味。顧客進入商店時，老闆總是熱情地打招呼，詢問需要幫助的地方，或是親切地聊起家常。商店老闆熟知常客的喜好，甚至可以在顧客未開口前就為他們推薦合適的商品。這種濃厚的社區氛圍，使商店街不僅僅是一個購物場所，更是一個讓人們彼此聯繫的平台。

昭和風情是魅力所在

昭和風味是傳統商店街另一個無法忽略的魅力所在。商店街內的建築通常具有濃厚的昭和時代特色，多為木質或磚瓦結構，店面設計簡樸而懷舊。有些商店還保留了老式的招牌、復古的廣告海報或是古老的陳列櫃，讓人一踏入這條街道，彷彿穿越到過去的時

單字

1. 八百屋《やおや》 名 蔬果商
2. 魚介《ぎょかい》 名 海鮮
3. 香《こう》ばしい い形 （味道）香甜的
4. 生地店《きじてん》 名 布料店
5. 金具店《かなぐてん》 名 五金行
6. ニーズ 名 需求（英 needs）
7. 取引《とりひき》 名 交易
8. 馴染《なじ》み客《きゃく》 名 熟客
9. レンガ 名 磚塊
10. レトロな な形 復古的、懷舊的

に足《あし》を踏《ふ》み入《い》れると、過去《かこ》に**タイムワープした**[1]ような気分《きぶん》になる。夜《よる》には薄暗《うすぐら》い黄色《きいろ》の明《あ》かりが店《みせ》の正面《しょうめん》ガラスに映《は》え、**温《ぬく》もり**[2]と**ノスタルジー**[3]が感《かん》じられる。

また、商店街《しょうてんがい》では様々《さまざま》な**地元《じもと》**[4]のイベントが開催《かいさい》されることが多《おお》く、人々《ひとびと》の距離《きょり》をさらに縮《ちぢ》めている。例《たと》えば、祭《まつ》りの期間《きかん》は色鮮《いろあざ》やかな**提灯《ちょうちん》**[5]が飾《かざ》り付《つ》けられ、たこ焼《や》きや**綿菓子《わたがし》**[6]など伝統《でんとう》的《てき》な庶民料理《しょみんりょうり》の**屋台《やたい》**[7]が並《なら》び、多《おお》くの住民《じゅうみん》や観光客《かんこうきゃく》が押《お》し寄《よ》せて盛《も》り上《あ》がる。冬《ふゆ》には**イルミネーション**[8]を開催《かいさい》する商店街《しょうてんがい》もあり、通《とお》りの両脇《りょうわき》に照明《しょうめい》が所狭《ところせま》しと飾《かざ》られ、濃厚《のうこう》な祝賀《しゅくが》ムードを醸《かも》し出《だ》す。こうしたイベントは単《たん》に利益《りえき》のためではなく、地域《ちいき》の結束力《けっそくりょく》を強《つよ》め、多忙《たぼう》な日々《ひび》を送《おく》る人々《ひとびと》に温《ぬく》もりのある帰属感《きぞくかん》を覚《おぼ》えてもらうという狙《ねら》いもある。

しかし、伝統的《でんとうてき》な商店街《しょうてんがい》は現代化《げんだいか》の流《なが》れの中《なか》で多《おお》くの問題《もんだい》に直面《ちょくめん》している。一《ひと》つに、大型《おおがた》ショッピングセンターの台頭《たいとう》や利便性《りべんせい》の高《たか》いネット通販《つうはん》の普及《ふきゅう》で顧客《こきゃく》を奪《うば》われ、一部《いちぶ》の商店《しょうてん》は廃業《はいぎょう》に追《お》い込《こ》まれている。二《ふた》つに、地元《じもと》を離《はな》れて都市《とし》へ移《うつ》り住《す》む若者《わかもの》が多《おお》く、伝統《でんとう》的《てき》な商店街《しょうてんがい》は高齢化《こうれいか》の問題《もんだい》が深刻化《しんこくか》している。こうした中《なか》でも地元《じもと》の住民《じゅうみん》の多《おお》くや自治体《じちたい》は商店街《しょうてんがい》の伝統《でんとう》と魅力《みりょく》を守《まも》ろうと尽力《じんりょく》している。店《みせ》の外観《がいかん》の改善《かいぜん》、新《あら》たなビジネスモデルの導入《どうにゅう》、イベントの開催《かいさい》を通《つう》じて客足《きゃくあし》を呼《よ》び込《こ》み、伝統的《でんとうてき》な商店街《しょうてんがい》の社会的《しゃかいてき》、文化的《ぶんかてき》価値《かち》を保《たも》ちたい考《かんが》えだ。

日本《にほん》の伝統的《でんとうてき》な商店街《しょうてんがい》は人情味《にんじょうみ》と歴《れき》史《し》、文化《ぶんか》に**溢《あふ》れる**[9]場《ば》だ。地元住民《じもとじゅうみん》の日常生活《にちじょうせいかつ》を支《ささ》え、かつ、世代《せだい》を超《こ》えて人《ひと》と人《ひと》の思《おも》いもつなぐ大切《たいせつ》な紐帯《ちゅうたい》だ。商店街《しょうてんがい》のどの店《みせ》にも物語《ものがたり》があり、買《か》い物《もの》のたびに温《ぬく》もりが感《かん》じられる。現代《げんだい》化《か》の流《なが》れの中《なか》でも、商店街《しょうてんがい》が代替不可《だいたいふか》能《のう》な独特《どくとく》の存在《そんざい》であり、地元文化《じもとぶんか》と人《にん》情《じょう》を感《かん》じさせる場《ば》であることに変《か》わりはない。

單字

1. タイムワープする 動 時光穿越
2. 温《ぬく》もり 名 溫潤、溫暖
3. ノスタルジー 名 懷舊之情（英 Nostalgia）
4. 地元《じもと》 名 當地
5. 提灯《ちょうちん》 名 燈籠
6. 綿菓子《わたがし》 名 棉花糖
7. 屋台《やたい》 名 攤販
8. イルミネーション 名 照明（英 illumination）
9. 溢《あふ》れる 動 充滿

光。晚間，昏黃的燈光映照在商店的門窗上，帶來一種溫暖且充滿懷舊氣息的感受。

此外，商店街也會舉辦各種各樣的地方活動，進一步拉近人們之間的距離。例如，每年的祭典期間，商店街會掛上色彩鮮豔的裝飾燈籠，設置攤位，售賣章魚燒、棉花糖等傳統小吃，吸引大量居民和遊客前來共襄盛舉。冬季時，有些商店街會舉辦點燈活動，街道兩旁佈滿燈飾，營造出濃厚的節日氣氛。這些活動往往不僅僅是為了商業利益，更是為了維繫社區的凝聚力，讓人們在繁忙的生活中找到溫暖的歸屬感。

然而，隨著現代化的進程，傳統商店街面臨著不少挑戰。一方面，大型購物中心的興起與線上購物的便利性分散了顧客群，使得部分商店不得不關門歇業。另一方面，許多年輕人選擇離開家鄉到都市發展，導致傳統商店街的老化問題愈發嚴重。儘管如此，仍有不少地方居民和地方政府致力於保存商店街的傳統與魅力。他們透過改造商店外觀、引進新商業模式以及舉辦活動來吸引更多人流，讓傳統商店街得以繼續發揮它的社會與文化價值。

總而言之，日本傳統商店街是一個充滿人情味與歷史文化的空間。它不僅承載了地方居民的日常生活，更是聯繫人與人、代與代之間情感的重要紐帶。在這裡，每一家小店鋪都訴說著一段故事，每一次購物都帶來一份溫暖。即使在現代化的浪潮中，這些商店街仍舊是無法取代的獨特存在，為人們提供了一個可以感受地方文化與人情的場域。

1

002

アーチ
拱門

アーチは商店街《しょうてんがい》のランドマークだ。通常《つうじょう》は入口《いりぐち》にあり、外国人観光客《がいこくじんかんこうきゃく》の記念撮影《きねんさつえい》**スポット**[1]になっている。アーチのデザインは地域《ちいき》によって異《こと》なる。金属《きんぞく》やガラス製《せい》の非常《ひじょう》に**モダンな**[2]ものもあれば、木《き》や石造《いしづく》りで伝統《でんとう》の花柄《はながら》を彫《ほ》り込《こ》んだ昔懐《むかしなつ》かしいものもある。アーチには通常《つうじょう》、商店《しょうてん》街《がい》の名称《めいしょう》が手書《てが》き風《ふう》または書道風《しょどうふう》で記《しる》され、桜《さくら》や山水《さんすい》の風景《ふうけい》、**マスコットキャラ**[3]など**地元**《じもと》[4]の象徴的《しょうちょうてき》な図柄《ずがら》を配《はい》してある。アーチの多《おお》くは照明《しょうめい》も施《ほどこ》され、夜《よる》に点灯《てんとう》すると格別《かくべつ》に美《うつく》しく、観光客《かんこうきゃく》が足《あし》を止《と》めて撮影《さつえい》していく。重要《じゅうよう》な祝祭日《しゅくさいじつ》の期間《きかん》にはアーチに提灯《ちょうちん》や**リボン**[5]、幟《のぼり》などが特別《とくべつ》に**飾**《かざ》**られ**[6]、より魅力的《みりょくてき》な**雰囲気**《ふんいき》[7]を形《けい》成《せい》する。アーチには観光客《かんこうきゃく》に商店街《しょうてんがい》の出入口《でいりぐち》を示《しめ》し、商店街《しょうてんがい》のイメージを向上《こうじょう》させるという実用的《じつようてき》な機能《きのう》もある。

拱門是整條商店街的象徵性地標，通常位於商店街入口處，到日本觀光的旅客喜愛在該處照相留念。拱門設計因地區而異，有的極具現代感，採用金屬和玻璃結構，有的則具有懷舊氛圍，使用木質或石材建造，並刻有傳統花紋。拱門上通常會標示商店街名稱，字體或手寫風或書法風，搭配當地代表性圖案，如櫻花、山水景色或吉祥物。許多拱門還搭配裝飾燈，夜晚點亮後顯得特別美麗，吸引遊客駐足拍照。大型節日期間，拱門上方會掛上特製裝飾物，如燈籠、彩帶或旗幟，使整體氛圍更具吸引力。拱門除了美觀外，還具實用功能，如標示商店街的進出口，方便遊客識別，並增強整體街區的品牌形象。

單字

1. スポット 名 據點 (英 spot)
2. モダンな な形 現代的、摩登的
3. マスコットキャラ 名 吉祥物
4. 地元《じもと》 名 當地
5. リボン 名 緞帶、彩帶 (英 ribbon)
6. 飾《かざ》る 動 裝飾
7. 雰囲気《ふんいき》 名 氣氛、氛圍

2

003

看板
店鋪招牌

商店街《しょうてんがい》の店《みせ》の**看板《かんばん》**[1]は多様《たよう》で、各店《かくてん》の特徴《とくちょう》を示《しめ》す要素《ようそ》となっている。伝《でん》統的《とうてき》な店《みせ》の多《おお》くは店名《てんめい》を手《て》で彫《ほ》ったり書《か》いたりした木《き》の看板《かんばん》を使用《しよう》しており、**職人《しょくにん》**[2]の精神《せいしん》と質素《しっそ》な美《うつく》しさが感《かん》じられる。近代的《きんだいてき》な店《みせ》は明《あか》るさと**カラフルな**[3]色《いろ》で客《きゃく》の目《め》を引《ひ》くために**ネオン**[4]看板《かんばん》を設置《せっち》しているところが多《おお》い。また、特《とく》に飲食店《いんしょくてん》では入口《いりぐち》に**暖簾《のれん》**[5]を掛《か》けているところが多《おお》い。暖簾《のれん》には通常《つうじょう》、美《うつく》しい図柄《ずがら》や文字《もじ》が印刷《いんさつ》されており、季節《きせつ》や祝祭《しゅくさい》日《じつ》に合《あ》わせてデザインを変更《へんこう》することも可能《かのう》だ。どの店《みせ》の看板《かんばん》も字体《じたい》や配色《はいしょく》、材質《ざいしつ》など独自性《どくじせい》への**こだわり**[6]がある。各店《かくてん》の看板《かんばん》が密集《みっしゅう》して商店《しょうてん》街《がい》の視覚効果《しかくこうか》を生《う》み出《だ》しており、昼《ひる》と夜《よる》とで異《こと》なるイメージに**立《た》ち去《さ》る**[7]のが**忍《しの》びなく**[8]なる。

商店街內的店鋪招牌種類繁多，是展示每家店鋪特色的重要元素。傳統店鋪常使用手繪木牌，上面雕刻或書寫店名，顯示出工匠精神與質樸的美感。現代店鋪則喜歡使用霓虹燈招牌，以明亮色彩吸引顧客注意。布幔型招牌也相當常見，特別是在餐飲店門口，這類招牌常會印有精美的圖案與字樣，甚至還能因應季節或節日更換設計。每家店的招牌在設計上講究獨特性，從字體、配色到材質都展現創意。這些招牌密集排列，形成商店街的視覺焦點，白天和夜晚都能帶來不同的觀感，讓人流連忘返。

單字

1. 看板《かんばん》 名 招牌
2. 職人《しょくにん》 名 特定領域的技術者
3. カラフルな ない形 色彩豐富的（英 colorful）
4. ネオン 名 霓虹（英 neon）
5. 暖簾《のれん》 名 商家在門口掛出的布簾
6. こだわり 名 堅持
7. 立《た》ち去《さ》る 動 離開
8. 忍《しの》びなく 連 難以、無法

3

004

タイル
地磚

商店街《しょうてんがい》の**タイル**[1]は地元《じもと》文化《ぶんか》と美学《びがく》を表現《ひょうげん》する要素《ようそ》で、タイルの多《おお》くには商店街《しょうてんがい》の名称《めいしょう》や花《はな》、動物《どうぶつ》、歴史建築《れきしけんちく》など現地固有《げんちこゆう》の図柄《ずがら》が描《えが》かれている。春《はる》は桜《さくら》の図柄《ずがら》、冬《ふゆ》は雪片《せっぺん》など季節《きせつ》の変化《へんか》や祝祭日《しゅくさいじつ》に合《あ》わせたタイルを**デザイン**[2]している商店街《しょうてんがい》もある。材質《ざいしつ》は耐摩耗性《たいまもうせい》の高《たか》い石《いし》や色鮮《いろあざ》やかな**セラミック**[3]など様々《さまざま》で、滑《なめ》らかだが滑《すべ》りにくい。タイルの張《は》り方《かた》にもこだわりがあり、伝統的《でんとうてき》な碁盤目《ごばんめ》状《じょう》や波型《なみがた》など、どのデザインも商店《しょうてん》街《がい》の特徴《とくちょう》を**際立《きわだ》たせる**[4]ことができる。タイルは**歩行者《ほこうしゃ》**[5]の視線《しせん》、動線《どうせん》誘導《ゆうどう》にも生《い》かせる。一部地域《いちぶちいき》では夜《や》光材《こうざい》を混《ま》ぜて夜《よる》にタイルが**仄《ほの》かに**[6]光《ひか》るようにし、独特《どくとく》の夜景《やけい》を演出《えんしゅつ》している。

商店街的地磚是當地文化和美學的重要體現，許多地磚上印有商店街名稱或當地特色圖案，如花卉、動物或歷史建築。有些商店街還會根據季節變化或節日設計專屬地磚，例如春天的櫻花圖案或冬天的雪花設計。地磚的材質多樣，有的採用耐用的石材，有的則是色彩鮮豔的陶瓷，表面光滑但不易滑倒。地磚的排列方式也十分講究，從傳統的棋盤式到波浪狀排列，每種設計都能增添商店街的特色。不僅如此，地磚還能引導行人的視線與動線，某些地區甚至會加入夜光元素，讓地磚在夜晚也能散發微光，形成獨特的夜景效果。

單字

1. タイル 名 地磚 (英 tile)
2. デザイン 名 設計 (英 design)
3. セラミック 名 陶瓷器 (英 ceramic)
4. 際立《きわだ》つ 動 突出、顯眼
5. 歩行者《ほこうしゃ》 名 行人
6. 仄《ほの》か な形 一點點的、微弱的

4

005

提灯
彩色燈籠

商店街《しょうてんがい》の至《いた》る所《ところ》で見《み》られるカラフルな**提灯**《ちょうちん》[1]は、単《たん》なる装飾《そうしょく》にとどまらず、商店街《しょうてんがい》の文化《ぶんか》を象徴《しょうちょう》する重要《じゅうよう》なものだ。大半《たいはん》は紙《かみ》や布製《ぬのせい》で、店《みせ》や商《しょう》店街《てんがい》の名称《めいしょう》、縁起《えんぎ》の良《よ》い言葉《ことば》が印字《いんじ》されている。赤《あか》、白《しろ》、**オレンジ**[2]の**色鮮**《いろあざ》**やかな**[3]ものが多《おお》い。通常《つうじょう》は店《みせ》の入口《いりぐち》やアーチ、通《とお》りの上空《じょうくう》に掛《か》けられ、整然《せいぜん》とした並《なら》びが連続性《れんぞくせい》を感《かん》じさせる視覚効果《しかくこうか》を生《う》み出《だ》す。日中《にっちゅう》は存在感《そんざいかん》が薄《うす》いが、夜《よる》に点灯《てんとう》すると商店街全体《しょうてんがいぜんたい》が魅力的《みりょくてき》な温《ぬく》もりに包《つつ》まれ、昔懐《むかしなつ》かしい**にぎやかな**[4]雰囲気《ふんいき》を**醸**《かも》**し出**《だ》**す**[5]。祝祭日《しゅくさいじつ》の期間《きかん》には**アニメ**[6]のキャラや地元《じもと》のマスコットキャラの図柄《ずがら》を配《はい》した特製《とくせい》の提灯《ちょうちん》も登《とう》場《じょう》し、観光客《かんこうきゃく》が足《あし》を止《と》めて写真《しゃしん》を撮《と》っていく。

商店街內隨處可見的彩色燈籠，不僅是裝飾物，更是商店街文化的重要象徵。這些燈籠大多由紙或布製成，印有店名、商店街名稱或吉祥語句，顏色鮮豔，以紅、白、橙色居多。燈籠通常懸掛於店鋪門口、拱門下或街道上方，排列整齊，形成視覺上的連續感。燈籠在白天雖是靜態裝飾，但到夜晚燈光點亮後，整條街道立刻變得溫暖而迷人，營造出懷舊又熱鬧的氛圍。節日期間，燈籠的設計更具創意，例如特製的動漫角色或當地吉祥物圖案，吸引遊客駐足拍照。

單字

1. 提灯《ちょうちん》 名 燈籠
2. オレンジ 名 橘色
3. 色鮮《いろあざ》やかな なB形 色彩豐富的
4. にぎやかな な形 熱鬧的
5. 醸《かも》し出《だ》す 動 醞釀出
6. アニメ 名 動畫 (英 animation)

5

006

マスコットキャラクター
吉祥物

商店街《しょうてんがい》の多《おお》くには、動物《どうぶつ》や食《た》べ物《もの》、人《ひと》をデザインした独自《どくじ》のマスコットキャラクターがある。通《とお》りの彫刻《ちょうこく》や幟《のぼり》、商品《しょうひん》の包装《ほうそう》や**広告《こうこく》**[1]、宣伝《せんでん》に登場《とうじょう》することが多《おお》く、マスコットキャラに**扮《ふん》した**[2]人《ひと》が**イベント**[3]で観光客《かんこうきゃく》と**触《ふ》れ合《あ》う**[4]こともある。**鯛焼《たいや》き**[5]、串焼《くしや》き、果物《くだもの》など地元名物《じもとめいぶつ》をマスコットキャラとすれば、商店街《しょうてんがい》の認知度《にんちど》を高《たか》めることができる。子供《こども》に受《う》けるほか、若者《わかもの》が写真《しゃしん》を撮《と》って**シェア**[6]すれば、商店街《しょうてんがい》の注目度《ちゅうもくど》が高《たか》まる。

許多商店街都有自己的吉祥物，以卡通化的動物、食物或人物形象設計而成。這些吉祥物經常出現在街頭的雕像、旗幟、商品包裝或廣告宣傳中，也有真人裝扮的吉祥物出現在活動中與遊客互動。某些商店街的吉祥物是當地特產的化身，如鯛魚燒、烤串或水果，以此增強商店街的品牌識別度。商店街吉祥物不僅吸引小朋友的注意，還能吸引年輕人拍照分享，進一步提升商店街的曝光率。

單字

1. 広告《こうこく》 名 廣告
2. 扮《ふん》する 動 扮演
3. イベント 名 活動 (英 event)
4. 触《ふ》れ合《あ》う 動 交流、溝通
5. 鯛焼《たいや》き 名 鯛魚燒
6. シェア 名 分享

6

007

食品モチーフの像
食品造型塑像

商店街《しょうてんがい》ではよく大型《おおがた》の食品《しょくひん》モチーフ[1]の像《ぞう》を目《め》にする。地元《じもと》で有名《ゆうめい》な庶民《しょみん》料理《りょうり》や特産品《とくさんひん》をモチーフにしたものが多《おお》く、観光客《かんこうきゃく》が記念《きねん》に写真《しゃしん》を撮《と》っていく。超大型《ちょうおおがた》のおにぎり、鯛焼《たいや》き、タコ焼《や》き[2]の像《ぞう》を設置《せっち》している商店《しょうてん》街《がい》もある。外観《がいかん》は真《しん》に迫《せま》り、色鮮《いろあざ》やかで、親《した》しみにも富《と》む。趣豊《おもむきゆた》かで、地元《じもと》グルメ[3]に興味《きょうみ》を持《も》たせ、店《みせ》に足《あし》を運《はこ》ばせる力《ちから》もある。食品《しょくひん》モチーフの像《ぞう》は商店街《しょうてんがい》の宣伝《せんでん》に用《もち》いられることも多《おお》く、主要《しゅよう》な通《とお》りやスポットに設置《せっち》され、商店街《しょうてんがい》の一部《いちぶ》となる。新鮮《しんせん》さを保《たも》つため、季節《きせつ》によって外《がい》観《かん》を変《か》えたり、違《ちが》うテーマをモチーフにすることもある。食品《しょくひん》モチーフの像《ぞう》は観光客《かんこうきゃく》を魅了《みりょう》し、商店街《しょうてんがい》の特《とく》別《べつ》なシンボル[4]として地元《じもと》の食文化《しょくぶんか》を象徴《しょうちょう》することもできる。

商店街內常見一些大型食品造型塑像，這些塑像有些是當地著名小吃，也有些是特產模型，吸引遊客停下腳步拍照留念。例如有的商店街設置超大尺寸的飯團、鯛魚燒或章魚燒的雕塑，其外形逼真，色彩鮮艷，富有親和力。食品造型塑像不僅富有趣味性，還能讓遊客對當地的美食產生興趣，並激起他們進店品嚐的慾望。食品塑像也常用來作為商店街的宣傳工具，放置於主要路段或景點，成為商店街的一部分。在不同季節塑像會換上不同的裝飾或主題，從而保持新鮮感。除了吸引遊客，食品塑像還能成為商店街的特色標誌，代表當地的食物文化。

單字

1. モチーフ 名 設計來源（法 motif）
2. タコ焼《や》き 名 章魚燒
3. グルメ 名 美食（法 gourmet）
4. シンボル 名 符號、標誌（英 symbol）

7

008

屋台

小吃攤與餐飲推車

屋台《やたい》は日本《にほん》の商店街《しょうてんがい》に不可欠《ふかけつ》で、特《とく》に重要《じゅうよう》な祝祭日《しゅくさいじつ》や週末《しゅうまつ》はそうだ。屋《や》台《たい》は小《ちい》さな車両《しゃりょう》や**カート**[1]を使《つか》ったものが多《おお》く、陳列《ちんれつ》**スペース**[2]に熱々《あつあつ》のたこ焼《や》き、鯛焼《たいや》き、焼《や》き**トウモロコシ**[3]など様々《さまざま》な地元《じもと》の庶民料理《しょみんりょうり》が並《なら》べられる。屋台《やたい》は通常《つうじょう》、観光客《かんこうきゃく》の利便性《りべんせい》を考慮《こうりょ》して商店街《しょうてんがい》の主要通《しゅようどお》りや**交差点《こうさてん》**[4]に設置《せっち》される。個性《こせい》のある装飾《そうしょく》を施《ほどこ》した屋台《やたい》が多《おお》く、大半《たいはん》は客《きゃく》の目《め》を引《ひ》くために色鮮《いろあざ》やかな暖《の》簾《れん》、ネオン、日本式《にほんしき》の装飾《そうしょく》を**あしらい**[5]、華《はな》やかで伝統的情緒《でんとうてきじょうちょ》に富《と》む雰囲《ふんい》気《き》を演出《えんしゅつ》している。特《とく》に夏《なつ》は屋台《やたい》から**漂《ただよ》う**[6]香《かお》りが大勢《おおぜい》の客《きゃく》を呼《よ》び寄《よ》せる。屋台《やたい》の店主《てんしゅ》は通《とお》りかかった客《きゃく》に親切《しんせつ》に声《こえ》を掛《か》け、人々《ひとびと》と触《ふ》れ合《あ》う。こうして商店街《しょうてんがい》に社交《しゃこう》の雰囲気《ふんいき》が添《そ》えられる。屋台《やたい》は単《たん》に料理《りょうり》を提供《ていきょう》するのではなく、祝祭日《しゅくさいじつ》や祝賀《しゅくが》イベントで重要《じゅうよう》な役割《やくわり》を果《は》たす商店街文化《しょうてんがいぶんか》の要素《ようそ》なのだ。

小吃攤或餐飲推車（屋台）是日本商店街中不可或缺的一部分，尤其是在大型節日或週末的時候。攤子由小型車輛或手推車組成，上面擺放著各式各樣的當地小吃，從熱騰騰的章魚燒、鯛魚燒到烤串、烤玉米等，應有盡有。這些小吃攤多設在商店街的主要通道或交叉口，方便遊客停下來品嚐。屋台的裝飾通常很具個性，許多攤販會用色彩繽紛的布幔、霓虹燈和日式擺設來吸引顧客，整個氛圍既熱鬧又富有傳統韻味。特別是在夏天，這些屋台的香味飄散四方，吸引著成群的食客。攤位老闆會熱情招呼路過的顧客，與人們互動，增添了商店街的社交氛圍。屋台不僅是食物的提供者，還能在節日或慶典活動中扮演重要角色，成為商店街文化的一景。

單字

1. カート 名 推車（英 cart）
2. スペース 名 空間（英 space）
3. トウモロコシ 名 玉米（葡 tomorocchi）
4. 交差点《こうさてん》 名 十字路口
5. あしらう 動 點綴、裝飾
6. 漂《ただよ》う 動 飄散、漂浮

8

009

ベンチと自販機
長椅與飲料販賣機

商店街《しょうてんがい》では**ベンチ**[1]と自販機《じはんき》をよく**見《み》掛《か》ける**[2]。ベンチは客《きゃく》が休《やす》むためのもので、特《とく》に長《なが》い時間《じかん》歩《ある》き回《まわ》った後《あと》は**腰《こし》掛《か》けて**[3]心《こころ》と体《からだ》の緊張《きんちょう》を**ほぐす**[4]といい。デザインはシンプルなものが多《おお》いが、木製《もくせい》ベンチや花柄《はながら》の鉄製《てっせい》ベンチなど、日本《にほん》の伝統《でんとう》美《び》溢《あふ》れる独特《どくとく》のものもある。自販機《じはんき》も商店街《しょうてんがい》の大《おお》きな特徴《とくちょう》の一《ひと》つで、様々《さまざま》な飲《の》み物《もの》、おやつ、地元《じもと》の特産品《とくさんひん》や限定商品《げんていしょうひん》も販売《はんばい》している。通常《つうじょう》は観光客《かんこうきゃく》の利便性《りべんせい》を考慮《こうりょ》して商店街《しょうてんがい》の目立《めだ》つ場所《ばしょ》に設置《せっち》されている。自販機《じはんき》が商《しょう》店街《てんがい》のシンボルになることもある。商《しょう》店街《てんがい》の多《おお》くでは地元《じもと》特有《とくゆう》の図柄《ずがら》や特別《とくべつ》デザインの**ドリンク**[5]の包装《ほうそう》など、地元《じもと》の特色《とくしょく》をデザインに取《と》り入《い》れて差別化《さべつか》した自販機《じはんき》を設置《せっち》しており、客《きゃく》を呼《よ》び寄《よ》せる**目玉《めだま》**[6]となっている。ベンチと自《じ》販機《はんき》は商店街《しょうてんがい》の利便性《りべんせい》を高《たか》め、かつ、通《とお》りに親《した》しみを添《そ》え、ゆったりできる社交《しゃこう》の場《ば》としての感《かん》じを一層《いっそう》際立《きわだ》たせる役割《やくわり》を果《は》たしている。

商店街上，常見長椅和自動販賣機。長椅為顧客提供休憩空間，尤其是在長時間逛街後，遊客可在此停下來休息，放鬆身心。這些長椅的設計通常很簡單，但也會有些獨具特色，像是木製長椅、鐵製花紋椅等，富有傳統日式美學。自動販賣機則是商店街另一大特色，販賣機可提供各式各樣的飲品、零食，甚至地方特產或限定商品。這些販賣機通常排列在商店街顯眼位置，方便遊客隨時購買取用。它們也成為商店街的一個標誌，許多商店街會根據當地特色設計具有區別性的販賣機，如印有地方特色圖案或特別設計的飲料包裝，成為吸引顧客的一大亮點。長椅和販賣機的設置，不僅提升了商店街的便利性，還增添了街道的親和力，讓人感覺更像一個放鬆的社交場所。

單字

1. ベンチ 名 長椅（英 bench）
2. 見《み》掛《か》ける 動（不經意的）見到
3. 腰《こし》掛《か》ける 動（短暫的、稍微的）坐下
4. ほぐす 動 放鬆、舒緩
5. ドリンク 名 飲料（英 drink）
6. 目玉《めだま》 名 亮點

9

010

商店街の鐘
公共鐘樓

一部《いちぶ》の商店街《しょうてんがい》では時間《じかん》を知《し》らせ、かつ地元文化《じもとぶんか》を表現《ひょうげん》するために時計台《とけいだい》を設置《せっち》している。通常《つうじょう》は商店街《しょうてんがい》の主要《しゅよう》な交差点《こうさてん》や重要《じゅうよう》なエリアに設置《せっち》され、**ランドマーク**[1]の一《ひと》つとなる。**シンプルな**[2]現代風《げんだいふう》だったり、**クラシカル**[3]だったり、形《かたち》やスタイルは地域《ちいき》によって異《こと》なる。大半《たいはん》は大《おお》きな文字盤《もじばん》が取《と》り付《つ》けられ、定時《ていじ》に音《おと》を鳴《な》らして観光客《かんこうきゃく》や住民《じゅうみん》に時《とき》を知《し》らせる。時計台《とけいだい》は商店街《しょうてんがい》のイベント会場《かいじょう》にもなる。例《たと》えば、祝祭日《しゅくさいじつ》や祝賀《しゅくが》イベントで時計台《とけいだい》が鐘《かね》の音《ね》で特別《とくべつ》な演奏《えんそう》を行《おこな》ったり、光《ひかり》のショーを開催《かいさい》したりして観客《かんきゃく》を集《あつ》める。時計台《とけいだい》は実用的《じつようてき》なだけでなく、商店街独自《しょうてんがいどくじ》の目玉《めだま》、文化《ぶんか》のシンボルとして地域《ちいき》の奥深《おくふか》い特色《とくしょく》と昔懐《むかしなつ》かしい雰囲気《ふんいき》を**生《う》み出《だ》し**[4]ている。

某些商店街設有公共鐘樓，作為時間標誌，並彰顯地方文化。鐘樓通常位於商店街主要交叉口或重要位置，成為商店街的地標之一。鐘樓形式多樣，各地風格不同，或為簡約現代風格，或為古典氣息的塔樓。鐘樓多半設有大型鐘面，定時鈴響，為遊客和居民報時。此外，鐘樓還可以成為商店街的活動場所，例如，特定節日或慶典時，鐘樓會進行特別的鐘聲演奏，或安排燈光秀，吸引群眾觀賞。鐘樓不僅具有實用功能，亦為商店街獨特視覺焦點和文化符號，營造出濃厚的地方特色和懷舊氛圍。

單字

1. ランドマーク 名 地標（英 landmark）
2. シンプル な形 簡單的（英 simple）
3. クラシカル な形 古典的（英 classical）
4. 生《う》み出《だ》す 動 創造、產生

10

011

街頭スピーカーと音楽
廣播系統與背景音樂

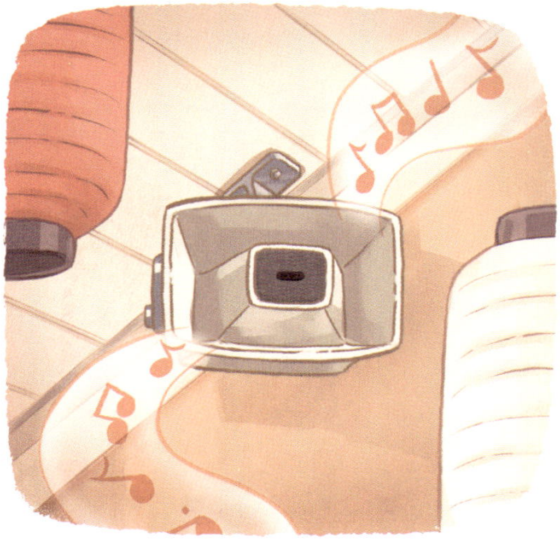

商店街《しょうてんがい》の音楽《おんがく》と街頭《がいとう》スピーカーは、商店街《しょうてんがい》の雰囲気《ふんいき》を形成《けいせい》する要素《ようそ》だ。大半《たいはん》の商店街《しょうてんがい》では街頭《がいとう》に音響《おんきょう》システムを設置《せっち》し、柔《やわ》らかい音楽《おんがく》や地元《じもと》の流行曲《りゅうこうきょく》、日本《にほん》の伝統的《でんとうてき》な音楽《おんがく》を流《なが》しており、こうした音楽《おんがく》によって商店《しょうてん》街《がい》を巡《めぐ》る観光客《かんこうきゃく》は心《こころ》が落《お》ち着《つ》き、**気《き》楽《らく》**[1]で愉快《ゆかい》な買《か》い物《もの》**ムード**[2]が醸成《じょうせい》される。商店街《しょうてんがい》によっては街頭《がいとう》スピーカーで現地《げんち》の販促《はんそく》イベントや祝祭日《しゅくさいじつ》の祝賀行事《しゅくがぎょうじ》など重要《じゅうよう》な案内《あんない》を行《おこな》い、観光客《かんこうきゃく》が最新《さいしん》の動向《どうこう》を**タイムリー**[3]に把握《はあく》できるようにしているところもある。商店街《しょうてんがい》の隅々《すみずみ》から語《かた》り掛《か》けてくれるかのように案内《あんない》の口調《くちょう》は親《した》しげで、商店街《しょうてんがい》の雰囲気《ふんいき》に親《した》しみと優《やさ》しさを**プラス**[4]している。音楽《おんがく》と街頭案内《がいとうあんない》は祝祭日《しゅくさいじつ》や特別《とくべつ》な行事《ぎょうじ》に合《あ》わせて内容《ないよう》を変《か》え、祭《まつ》りムードを盛《も》り上《あ》げて観光客《かんこうきゃく》を**呼《よ》び寄《よ》せる**[5]ことができ、独特《どくとく》な商店街文化《しょうてんがいぶんか》の一翼《いちよく》を担《にな》っている。

商店街的背景音樂和廣播系統，是營造整體氛圍的關鍵元素。大多數商店街會在街道上安裝街頭音響系統，播放柔和的音樂、當地流行歌曲或傳統日本音樂，音樂能夠讓遊客在逛街時感到放鬆，營造輕鬆愉快的購物氛圍。除了音樂，商店街也會播放廣播，宣傳當地促銷活動、節日慶典或其他重要事件，讓遊客隨時了解最新的商店街動態。這些廣播語氣親切，彷彿商店街的每個角落都在和你對話，使得商店街氛圍更加親切和熱情。背景音樂和廣播也能因節日或特殊活動而進行變化，增添節慶感，吸引更多遊客參與其中，是形成獨具特色的商店街文化之一大要角。

單字

1. 気楽《きらく》 な形 輕鬆的
2. ムード 名 氛圍、情緒 (英 mood)
3. タイムリー な形 及時的 (英 timely)
4. プラス 名 增加 (英 plus)
5. 呼《よ》び寄《よ》せる 動 叫來、招喚過來

Part.2

商家 & 會話

Type & Conversation

1

012

惣菜店・弁当店
熟食店與便當店

日本《にほん》の商店街《しょうてんがい》にある惣菜店《そうざいてん》と弁当店《べんとうてん》は一人暮《ひとりぐ》らしの人《ひと》や学生《がくせい》、勤労者《きんろうしゃ》、家庭《かてい》が必要《ひつよう》とする便利《べんり》な食《しょく》をタイムリー[1]に提供《ていきょう》する不可欠《ふかけつ》な役割《やくわり》を果《は》たしてきた。いずれも生鮮《せいせん》スーパー、鮮魚店《せんぎょてん》、肉屋《にくや》など伝統的《でんとうてき》な店《みせ》と共《とも》に、消費者《しょうひしゃ》が気軽《きがる》に食《しょく》の組《く》み合《あ》わせを選《えら》べる充実《じゅうじつ》した食《しょく》のネットワークを形成《けいせい》している。

こうした店《みせ》では鶏《にわとり》の唐揚《からあ》げ、天《てん》ぷら、豚《とん》カツなどの揚《あ》げ物《もの》、焼《や》きサバ[2]、ブリ[3]の照《て》り焼《や》きなどの焼《や》き物《もの》、肉《にく》じゃが、すき焼《や》きなどの煮物《にもの》、漬物《つけもの》、和《あ》え物《もの》、白米《はくまい》とメインのおかずを組《く》み合《あ》わせた弁当《べんとう》など多様《たよう》な料理《りょうり》を販売《はんばい》している。このような買《か》ってすぐ食《た》べられる品《しな》は食材《しょくざい》の用意《ようい》や調理《ちょうり》の手間《てま》が省《はぶ》けるため、多《おお》くの家庭《かてい》で食卓《しょくたく》の一角《いっかく》を占《し》める。こうした店《みせ》では商品《しょうひん》が直感的《ちょっかんてき》に客《きゃく》の目《め》に映《うつ》るよう、店内《てんない》の設計《せっけい》や陳列方《ちんれつほう》法《ほう》にもこだわっている。

惣菜店《そうざいてん》、弁当店《べんとうてん》の大半《たいはん》は狭《せま》くて細長《ほそなが》く、流《なが》れるような動線《どうせん》と清潔感《せいけつかん》が確保《かくほ》

日本商店街內，「熟食店與便當店」一直扮演著不可或缺的角色，供應即時且便利的餐食，滿足社區居民、獨居者、學生、上班族，以及家庭的日常需求。這些店與生鮮超市、鮮魚店、肉舖等傳統商家共同串聯成完整的食品採購鏈，讓民眾能輕鬆搭配一餐。

這類店舖販售的品項多元，包括炸雞塊、天婦羅、豬排等炸物，烤鯖魚、鰤魚照燒等燒烤料理；馬鈴薯燉肉、壽喜燒等燉煮菜色；醃漬小菜、涼拌沙拉，與搭配主菜和白飯的便當。這些即買即食的餐品省去備料與烹調的時間，成為許多家庭餐桌的一部分。而為了讓食物更直觀地呈現在客人眼前，店家空間設計與陳列方式也都經過精心規劃。

大多數熟食便當店的空間狹長，確保購物動線流暢並維持整潔，入口處常擺放手寫看板，標示當日推薦菜色或優惠資訊，吸引路

單字

1. タイムリー 【な形】 即時的、適時的（英 timely）
2. サバ 【名】 鯖魚
3. ブリ 【名】 鰤魚、青甘魚

されている。入口《いりぐち》には通行人《つうこうにん》の目《め》に止《と》まるよう、当日《とうじつ》のお薦《すす》めやお得《とく》な情報《じょうほう》を記《しる》した手《て》書《が》きの看板《かんばん》が設置《せっち》されていることが多《おお》い。店内《てんない》の設計《せっけい》は実用性《じつようせい》が重視《じゅうし》され、惣菜《そうざい》はガラスケースに陳列《ちんれつ》される。惣菜《そうざい》のみが目玉《めだま》となり、消費者《しょうひしゃ》が直接《ちょくせつ》選《えら》べるようになっている。値段表《ねだんひょう》は通常《つうじょう》、黒板《こくばん》で簡潔《かんけつ》に記《しる》している。会計後《かいけいご》は持《も》ち運《はこ》びに便利《べんり》な**プラスチック**[1]の容器《ようき》や紙袋《かみぶくろ》で包装《ほうそう》してくれることが多《おお》い。

惣菜店《そうざいてん》、弁当店《べんとうてん》はスーパーやコンビニ以上《いじょう》に人《ひと》との触《ふ》れ合《あ》いを重視《じゅうし》している。店員《てんいん》が客《きゃく》に当日《とうじつ》のメニューを紹介《しょうかい》したり、保管《ほかん》、加熱方法《かねつほうほう》を教《おし》えたり、試食《ししょく》させたりすることが多《おお》い。常連客《じょうれんきゃく》の好《この》みに合《あ》う品《しな》を**薦《すす》める**[2]店《みせ》もある。このような触《ふ》れ合《あ》いによって、商店街《しょうてんがい》ならではの人情味《にんじょうみ》は保《たも》たれている。

ただし、惣菜店《そうざいてん》、弁当店《べんとうてん》は市場《しじょう》が変化《へんか》する中《なか》で困難《こんなん》に直面《ちょくめん》している。種類《しゅるい》が豊富《ほうふ》で価格《かかく》も手頃《てごろ》な惣菜《そうざい》コーナーを擁《よう》

過行人。裝潢佈局以實用為主，熟食陳列於透明玻璃櫥窗內，商品是唯一視覺焦點，使消費者能直接挑選食材。價目表則多以黑板呈現，內容簡單清楚。結帳後通常以塑膠盒或紙袋包裝，標示價格與內容，方便攜帶。

與超市或便利商店相比，熟食便當店的經營模式更強調人際互動。購買時，店員經常與客人交流，除了介紹當日餐點，也會分享保存和加熱方式，甚至提供試吃機會。部分業者還會依據熟客的喜好推薦適合的飯菜，透過這樣的接觸對話，也維繫了商店街特有的人情味。

單字

1. プラスチック 名 塑膠（英 plastic）
2. 薦《すす》める 動 推薦、建議

する大型《おおがた》スーパーの出店《しゅってん》やフードデリバリー[1]の普及《ふきゅう》により、常連客《じょうれんきゃく》の来店率《らいてんりつ》は低下《ていか》している。また、消費者《しょうひしゃ》の健康意識《けんこういしき》が高《たか》まり、高油分《こうゆぶん》・塩分《えんぶん》の従来《じゅうらい》の惣菜《そうざい》は需要《じゅよう》が減少《げんしょう》しており、惣菜店《そうざいてん》、弁当店《べんとうてん》は経営戦略《けいえいせんりゃく》の見直《みなお》しを余儀《よぎ》なくされている。

一部《いちぶ》の店《みせ》は塩分《えんぶん》を抑《おさ》えた煮物《にもの》や低脂肪《ていしぼう》の揚《あ》げ物《もの》、食物繊維《しょくもつせんい》の豊富《ほうふ》な弁当《べんとう》など健康《けんこう》なメニューに切《き》り替《か》えた。認知度《にんちど》を高《たか》めるために地元限定《じもとげんてい》メニューを開発《かいはつ》した店《みせ》もある。利便性《りべんせい》を高《たか》めるためにオンライン予約《よやく》やセルフ[2]注文《ちゅうもん》システムの導入《どうにゅう》などデジタル化《か》も進《すす》めている。こうした取《と》り組《く》みにより、惣菜店《そうざいてん》、弁当店《べんとうてん》は激《はげ》しい競争《きょうそう》の中《なか》でも優位性《ゆういせい》を保《たも》ち、常連客《じょうれんきゃく》をつなぎ留《と》めている。

然而，市場變化使這類攤位面臨挑戰。大型超市的熟食區品項豐富且價格實惠，外送平台的普及化也讓原本的老主顧有了更多選項，導致減少前往實體店採買的頻率。此外，飲食觀念轉變，越來越多民眾關注健康，傳統熟食因高油、高鹽問題而使買氣受到影響。面對競爭與消費習慣改變，業者不得不重新調整經營策略。

為了適應趨勢，店家開始改變產品內容，例如推出低鹽燉菜、低脂炸物或高纖便當，以迎合健康飲食需求。同時，部分經營者開發地區限定商品，利用特色菜餚提升辨識度。除了菜色創新，經營方式也朝數位化發展，導入線上預訂、自助點餐系統，提升便利性。經過這些調整，熟食店與便當店仍能在激烈的市場中維持優勢，持續吸引老主顧的目光。

單字

1. フードデリバリー 名 餐飲外送 (英 food delivery)
2. セルフ 名 自助、自主 (英 self)

013

日本の弁当屋でカツ弁当を買う会話

在日本便當店購買炸豬排便當的對話

A：すみません、カツ弁当《べんとう》をください。

B：はい、カツ弁当《べんとう》ですね。お持《も》ち帰《かえ》りですか？

A：はい、持《も》ち帰《かえ》りでお願《ねが》いします。

B：かしこまりました。ご飯《はん》の量《りょう》は普通《ふつう》でよろしいですか？

A：大盛《おおも》りにできますか？

B：はい、できます。大盛《おおも》りに変更《へんこう》しますね。

A：ありがとうございます。おいくらですか？

B：大盛《おおも》りで税込《ぜいこ》み 800 円《えん》になります。

A：では、1000 円《えん》でお願《ねが》いします。

B：1000 円《えん》お預《あず》かりします。200 円《えん》のお釣《つ》りです。

A：ありがとうございます。

B：ありがとうございました。またお越《こ》しくださいませ！

A：不好意思，請給我一個炸豬排便當。

B：好的，炸豬排便當。請問是外帶嗎？

A：是的，請幫我外帶。

B：明白了。請問飯量要正常的嗎？

A：可以加大份量嗎？

B：可以的，我幫您改成大份量。

A：謝謝，請問多少錢？

B：大份量的話，含稅是 800 日圓。

A：那我給您 1000 日圓。

B：收您 1000 日圓，找您 200 日圓。

A：謝謝您。

B：感謝光臨，歡迎下次再來！

文法

「お～します」——自謙表現

「お預《あず》かりします」中的「お～します」是一種自謙語（謙讓語），表示說話者對對方的尊敬，常用於服務業。例句：「お持《も》ちします」（我來拿）、「お届《とど》けします」（我來送達）。

2

014

レストランと食堂

餐廳與食堂

日本《にほん》の商店街《しょうてんがい》にあるレストランと食《しょく》堂《どう》は、多《おお》くの地元住民《じもとじゅうみん》の食需要《しょくじゅよう》を満《み》たしている。数十年《すうじゅうねん》変《か》わらぬ味《あじ》と経営《けいえい》を続《つづ》け、独自《どくじ》の伝統《でんとう》と特色《とくしょく》を守《まも》ってきた老舗《しにせ》も少《すく》なくない。木《き》の机《つくえ》と椅子《いす》が並《なら》び、**黄《き》ばんだ**[1]壁《かべ》に歳月《さいげつ》の痕跡《こんせき》がある写真《しゃしん》を飾《かざ》っている店《みせ》が多《おお》い。一部《いちぶ》の老舗《しにせ》では壁一面《かべいちめん》に有名人《ゆうめいじん》のサインを貼《は》って店《みせ》の雰囲気《ふんいき》を高《たか》めている。

商店街《しょうてんがい》には様々《さまざま》な店《みせ》が建《た》ち並《なら》ぶ。「定《てい》食屋《しょくや》」はご飯《はん》と味噌汁《みそしる》、主菜《しゅさい》、小鉢《こばち》のセットを提供《ていきょう》している。主菜《しゅさい》は豚《とん》カツや焼《や》き魚《ざかな》、**ハンバーグ**[2]が定番《ていばん》で、これに漬物《つけもの》や**冷奴《ひややっこ》**[3]が付《つ》く。手頃《てごろ》な値段《ねだん》の簡単《かんたん》なメニューだが腹《はら》いっぱいになる。「豚《とん》カツ専門店《せんもんてん》」はサクサクの衣《ころも》に柔《やわ》らかい肉《にく》を包《つつ》んだ豚《とん》カツに**千切《せんぎ》り**[4]キャベツ、特製《とくせい》ソースを添《そ》えたメニューが売《う》り。ご飯《はん》、スープおかわり自由《じゆう》の店《みせ》が多《おお》く、常《つね》に大勢《おおぜい》の客《きゃく》で賑《にぎ》わっている。

「うどん・そば専門店《せんもんてん》」はスープと手《て》

在日本商店街中佔有一席之地的「餐廳與食堂」，解決了大多數居民的一日三餐。其中，不少老店歷史悠久，長年維持相同的味道與運營方式，數十年來依舊保有自家傳統與特色。店內擺設多為木質桌椅，牆面泛黃，掛滿歲月痕跡的照片；有些老舖甚至在牆上貼滿知名人士的簽名，增添店內人氣。

各類型的食堂與餐館在街頭並存，包括提供套餐的「定食屋」，主要搭配白飯、味噌湯、主菜與小菜；常見的主菜有炸豬排、燒魚、漢堡排，配上醃漬物或冷豆腐，簡單且價格親民，也能填飽肚子。「炸豬排專門店」則主打外皮酥脆、肉質鮮嫩的豬排，搭配高麗菜絲與特製醬料，加上免費續飯與加湯的服務，總能吸引大量顧客上門。

「烏龍麵與蕎麥麵專門店」專注於湯頭與手工製麵，開放式廚房讓用餐者能直接看到廚

單字

1. 黄《き》ばむ 動 變黃、發黃
2. ハンバーグ 名 漢堡(英 hamburger)
3. 冷奴《ひややっこ》 名 涼拌豆腐
4. 千切《せんぎ》り 名 切碎、切細

作《づく》りの麺《めん》に力《ちから》を入《い》れている。オープンキッチンで麺茹《めんゆ》で、湯切《ゆぎ》り、盛《も》り付《つ》け作業《さぎょう》が見《み》られ、注文《ちゅうもん》から料理到着《りょうりとうちゃく》までが速《はや》い。「ラーメン店《てん》」は濃厚《のうこう》なスープと多様《たよう》な具材《ぐざい》が目玉《めだま》だ。スープは地《ち》域《いき》によって豚骨《とんこつ》、醤油《しょうゆ》、塩《しお》、味噌《みそ》など様々《さまざま》な定番《ていばん》の味《あじ》がある。カウンター席《せき》に座《すわ》って注文《ちゅうもん》すると、さっと作《つく》ってくれるため、手早《てばや》く食事《しょくじ》を済《す》ませたい人《ひと》にぴったりだ。

夜《よる》になると「串焼《くしや》き・焼《や》き鳥店《とりてん》」が店《みせ》を開《あ》ける。塩《しお》や醤油《しょうゆ》ベースで味付《あじつ》けした鶏肉《とりにく》、豚肉《ぶたにく》、野菜《やさい》の炭火串焼《すみびくしや》きがメインで、メニューはシンプル。大半《たいはん》は小《ちい》さな店内《てんない》にカウンター席《せき》や立《た》ち席《せき》があり、食《た》べ終《お》わったら帰《かえ》るという人《ひと》に向《む》いている。「居酒屋《いざかや》」は夕方《ゆうがた》から深《しん》夜《や》営業《えいぎょう》で、焼《や》き物《もの》や揚《あ》げ物《もの》、刺《さ》し身《み》、おでん、小鉢料理《こばちりょうり》を提供《ていきょう》している。酒《さけ》はビール、日本酒《にほんしゅ》、焼酎《しょうちゅう》、梅酒《うめしゅ》など豊《ほう》富《ふ》な品揃《しなぞろ》えだ。カウンター席《せき》の他《ほか》にテーブル席《せき》や座敷《ざしき》もあり、大勢《おおぜい》での食事《しょくじ》

師煮麵、瀝水、擺盤的過程，而且點餐後很快上桌。「拉麵店」則以濃郁的湯頭與多樣配料為亮點，依地區不同，分別有豚骨、醬油、鹽味與味噌拉麵等常見口味。店內設有吧檯座位，顧客坐下後點餐，師傅在鍋爐前快速調製，適合想要快速解決一餐的人。

入夜後，「串燒與燒鳥店」開始營業，專賣炭火燒烤，主打雞肉串、豬肉串與蔬菜串，以鹽烤或醬燒調味，菜單單純。店鋪規模較小，多設吧檯座位或站立式用餐，適合吃完即走的客人。相較之下，「居酒屋」從傍晚營業到深夜，除了燒烤，還有炸物、生魚片、關東煮與各式小菜，酒類選擇豐富，例如啤酒、清酒、燒酒、梅酒等皆有。不僅設有吧檯，也有桌椅區或榻榻米座位，適合多人聚餐。與串燒店相比，顧客在居酒屋停留時間較長，邊喝邊聊，久而久之成為上班族下班後的重要社交場所。

に向《む》いている。居酒屋《いざかや》は串焼《くしや》き店《てん》より客《きゃく》の滞在時間《たいざいじかん》が長《なが》い。勤労者《きんろうしゃ》が退勤後《たいきんご》に飲《の》みながら会話《かいわ》する大切《たいせつ》な社交《しゃこう》の場《ば》なのだ。

商店街《しょうてんがい》のレストランと食堂《しょくどう》の大半《たいはん》は今《いま》でも手書《てが》きの**品《しな》書《が》き**[1]を使用《しよう》し、壁《かべ》の黒板《こくばん》に当日《とうじつ》のお薦《すす》めメニューや旬《しゅん》の食材料理《しょくざいりょうり》、お得《とく》な情報《じょうほう》を記《しる》している。**券《けん》売機《ばいき》**[2]を設《もう》けている店《みせ》も多《おお》い。機械《きかい》で料理《りょうり》を選《えら》んで料金《りょうきん》を支払《しはら》い、**食券《しょっけん》**[3]を渡《わた》せば注文完了《ちゅうもんかんりょう》なので、会計《かいけい》の手間《てま》が省《はぶ》け、回転率向上《かいてんりつこうじょう》につながる。

伝統的《でんとうてき》な食堂《しょくどう》や庶民料理《しょみんりょうり》の店《みせ》の中《なか》には大手《おおて》チェーンとの競争《きょうそう》を受《う》け、セルフ注文《ちゅうもん》システムの導入《どうにゅう》や宅配代行業者《たくはいだいこうぎょうしゃ》との提携《ていけい》を通《つう》じ、新規顧客獲得《しんきこきゃくかくとく》を図《はか》っているところもある。外国人観光客《がいこくじんかんこうきゃく》の需要《じゅよう》を取《と》り込《こ》むため、多言語対応《たげんごたいおう》のメニュー表《ひょう》を作《つく》ったり、入口《いりぐち》に飲食《いんしょく》ガイドを貼《は》ったりする店《みせ》も増《ふ》えている。独自性《どくじせい》を保《たも》ちながら、新《あら》たな消費《しょうひ》トレンドにも適応《てきおう》しているのだ。

商圈的餐廳食堂目前大多保留手寫菜單，牆上黑板則寫著當日推薦餐點、當季食材料理和特價優惠。許多店家設置食券機，消費者先在機器上選擇品項付款，再將餐券交給廚房準備，減少結帳時間，提高翻桌率。

面對大型連鎖品牌的競爭，部分傳統食堂與小吃店開始轉型，採取數位化點餐系統或與外送平台合作，招攬新的客群。另一方面，來自海外的觀光客帶來新的市場與機會，越來越多店面開始製作多語言菜單，甚至在門口張貼簡單的用餐指南，以降低語言障礙。這些轉變讓街區內的餐飲業在維持獨特性的同時，也逐步適應新的消費趨勢。

單字

1. 品書《しなが》き 名 菜單、品項表
2. 券売機《けんばいき》 名 售票機、自動售票機
3. 食券《しょっけん》 名 餐券、食物兌換券

015

モバイルでレストランの注文をする

在餐廳用手機點餐

A：お腹《なか》すいたね。ここ、評判《ひょうばん》の定食《ていしょく》屋《や》らしいよ。

B：うん、いい匂《にお》いがする！モバイルで注文《ちゅうもん》するみたいだよ。

A：ほんとだ。QR コードを読《よ》み取《と》ってみるね。

B：メニュー出《で》てきた！主菜《しゅさい》は豚《とん》カツ、焼《や》き魚《ざかな》、ハンバーグがあるよ。

A：私《わたし》、豚《とん》カツ定食《ていしょく》にする。ご飯《はん》と味噌汁《みそしる》、小《こ》鉢《ばち》もついてるし。

B：じゃあ、私《わたし》は焼《や》き魚定食《さかなていしょく》にしようかな。冷《ひや》奴《やっこ》と漬物《つけもの》がついてる！

A：あ、辛《から》さも選《えら》べるね。

B：本当《ほんとう》だ。私《わたし》は普通《ふつう》でいいや。ゆかは？

A：私《わたし》も普通《ふつう》で大丈夫《だいじょうぶ》。じゃあ、注文確認《ちゅうもんかくにん》ボタン押《お》すね。

B：うん、お願《ねが》い！店員《てんいん》さん呼《よ》ばなくて済《す》むし、楽《らく》だね～。

A：ね～、待《ま》ってる間《あいだ》におしゃべりできるし。

B：ご飯《はん》来《く》るの楽《たの》しみ！お腹《なか》ぺこぺこ～！

A：好餓喔。這家好像是評價不錯的定食店耶。

B：嗯，味道聞起來好香喔！ 看起來是用手機點餐耶。

A：真的耶，我來掃一下 QR Code。

B：出現菜單了！ 主菜有炸豬排、烤魚、漢堡排耶。

A：我想吃炸豬排定食，有白飯、味噌湯跟小菜耶。

B：那我點烤魚定食好了，有附冷豆腐跟醃菜耶。

A：啊，還可以選辣度耶。

B：哇真的耶。我就選普通好了。由香呢？

A：我也是普通就好～那我按下「確定點餐」鍵囉！

B：好，麻煩妳了！ 不用叫店員就可以點餐真的蠻方便的耶～。

A：對啊，這樣等的時候還可以聊天。

B：超期待上菜的，我真的餓壞了啦！

文法

「～なくて済《す》む」——不需要做～也能解決 / 省下做～的麻煩

指原本可能需要做某件事，結果允許你不用做，這件事就「搞定了」、「解決了」。

例句：「彼《かれ》が手伝《てつだ》ってくれたから、一人《ひとり》でやらなくて済《す》んだ。」（因為他幫了忙，所以我就不用自己一個人做了。）

3

016

生鮮食品店

生鮮食品店

商店街《しょうてんがい》には惣菜店《そうざいてん》や弁当店《べんとうてん》の他《ほか》に、新《しん》鮮《せん》な食材《しょくざい》を販売《はんばい》する生鮮食品店《せいせんしょくひんてん》がある。大半《たいはん》は家族経営《かぞくけいえい》で小規模《しょうきぼ》だが、商《しょう》品《ひん》の種類《しゅるい》は豊富《ほうふ》で、住民《じゅうみん》の重要《じゅうよう》な食材《しょくざい》仕入先《しいれさき》となっている。品質《ひんしつ》の安定《あんてい》した旬《しゅん》の青果《せいか》やその場《ば》で切《き》った肉《にく》、卸売市《おろしうりいち》場《ば》直送《ちょくそう》の魚介類《ぎょかいるい》を手頃《てごろ》な価格《かかく》で販売《はんばい》しており人気《にんき》が高《たか》い。これら食材《しょくざい》はスーパーで一括購入《いっかつこうにゅう》できるが、生鮮食品店《せいせんしょくひんてん》を好《この》む消費者《しょうひしゃ》は多《おお》い。店主《てんしゅ》から食材《しょくざい》の産地《さんち》など生《なま》の情報《じょうほう》を聞《き》けるからだ。

生鮮食品店《せいせんしょくひんてん》には数種類《すうしゅるい》ある。「青果《せいか》店《てん》」は地元《じもと》の農場直送《のうじょうちょくそう》の旬《しゅん》のリンゴ、ミカン、ブドウ、**ホウレンソウ**[1]、**キャベツ**[2]、ネギ、ダイコンなどの青果《せいか》やバナナ、パイナップルなどの輸入果《ゆにゅうくだ》物《もの》を販売《はんばい》している。漬物《つけもの》や味噌《みそ》、納豆《なっとう》などの豆製品《まめせいひん》、干《ほ》し**シイタケ**[3]などの乾物《かんぶつ》を扱《あつか》う店《みせ》もある。木《き》の棚《たな》に青果《せいか》を並《なら》べている店《みせ》が多《おお》く、一部《いちぶ》の店《みせ》では鮮《せん》度保持《どほじ》のため**ミスト**[4]噴霧装置《ふんむそうち》を導入《どうにゅう》している。

走進商店街，除了熟食與便當店，還能見到販售新鮮食材的「生鮮食品店」。它們大多由家族經營，規模不大，但種類齊全，是居民日常採買的重要補給站。當季蔬果、現切肉品、批發市場直送的漁獲，以價格實惠與穩定品質因此深受大家的青睞。即便超市提供一站式購物，仍有消費者偏好這種店家，因為能直接與老闆交流，獲得第一手食材資訊，並了解產品來源。

生鮮食品店可分為幾種類型。「蔬果店」販售當地農場直送的時令蔬果，如蘋果、柑橘、葡萄，以及菠菜、高麗菜、青蔥、大根等葉菜，部分也銷售進口水果，如香蕉、鳳梨，提供更多選擇。此外，部分商家販售醃漬品、豆類與乾貨，如味噌、納豆、乾香菇等。店舖通常使用木架陳列農產品，部分區域設有水霧裝置，以保持葉菜鮮度。

單字

1. ホウレンソウ 名 菠菜
2. キャベツ 名 高麗菜（英 cabbage）
3. シイタケ 名 香菇
4. ミスト 名 噴霧（英 mist）

「鮮魚店《せんぎょてん》」は市場《いちば》や港《みなと》から当日直送《とうじつちょくそう》された魚介類《ぎょかいるい》を販売《はんばい》しており、種類《しゅるい》はサバ、タラ、サンマ、カキ、イカなど季《き》節《せつ》によって異《こと》なる。一部《いちぶ》の店《みせ》では常連《じょうれん》客《きゃく》のために北海道産《ほっかいどうさん》ウニ、瀬戸内海産《せとないかいさん》エビなど特定産地《とくていさんち》の魚介類《ぎょかいるい》を販売《はんばい》している。**鱗《うろこ》**[1]取《ど》りや腹割《はらわ》りをしてもらったり、そのまま食《た》べられるようスライスしてもらうこともできる。店内《てんない》は鮮《せん》度保持《どほじ》のため低温管理《ていおんかんり》されている。地《じ》面《めん》には滑《すべ》り止《ど》めマットが敷《し》かれ、空気《くうき》中《ちゅう》には海水《かいすい》の香《かお》りが漂《ただよ》う。

「精肉店《せいにくてん》」は豚肉《ぶたにく》、牛肉《ぎゅうにく》、鶏肉《とりにく》などを販売《はんばい》している。和牛《わぎゅう》リブロース、イベリコ豚《ぶた》の肩《かた》ロースなど焼肉用《やきにくよう》の部位《ぶい》や鍋用《なべよう》の薄切《うすぎ》り肉《にく》も販売《はんばい》している。一部《いちぶ》の店《みせ》ではかごしま黒豚《くろぶた》や神戸牛《こうべぎゅう》など特《とく》定産地《ていさんち》のブランド肉《にく》を扱《あつか》っている。その場《ば》で切《き》り分《わ》けてくれるほか、そのまま調理《ちょうり》できるよう味付《あじつ》けしたステーキやソーセージ、鍋《なべ》の具材《ぐざい》を提供《ていきょう》している店《みせ》もある。冷蔵《れいぞう》**ショーケース**[2]には

「鮮魚店」則供應每日從市場或港口直送的海產，品項隨季節變化，如鯖魚、鱈魚、秋刀魚、牡蠣與花枝。部分強調特定產地來源，如北海道海膽或瀨戶內海鮮蝦，吸引熟客選購。顧客可請店員去鱗、剖腹，甚至切片成適合生食的形式，讓料理更便利。為保持魚類新鮮度，店內環境維持低溫，地面鋪有防滑墊，空氣中帶有淡淡的海水氣息。

「精肉店」主要販售豬、牛、雞等肉類，另有燒肉專用部位，如和牛肋眼、伊比利豬梅花，以及火鍋用薄切肉。部分肉舖還經營產地限定的品牌肉，如鹿兒島黑豚或神戶和牛。除了現切服務，有些肉品專賣店也提供

單字

1. 鱗《うろこ》 動 鱗片
2. ショーケース 名 展示櫃、陳列櫃（英 showcase）

様々《さまざま》な部位《ぶい》の肉《にく》が並《なら》び、頼《たの》めば必要《ひつよう》な分《ぶん》だけ切《き》ってくれる。

こうした店《みせ》は手頃《てごろ》な値段《ねだん》で商品《しょうひん》を販売《はんばい》しているが、市況《しきょう》によって価格《かかく》が変動《へんどう》することが多《おお》い。例《たと》えば鮮魚店《せんぎょてん》では**水《みず》揚《あ》げ量《りょう》**1によって、精肉店《せいにくてん》では部位《ぶい》や需給《じゅきゅう》によって柔軟《じゅうなん》に価格《かかく》を調整《ちょうせい》することで顧客《こきゃく》を維持《いじ》している。生鮮食品店《せいせんしょくひんてん》は賃料《ちんりょう》、輸送《ゆそう》コストが高《たか》い大型《おおがた》スーパーなどより価格競争力《かかくきょうそうりょく》が高《たか》い。産地《さんち》から直接《ちょくせつ》**買《か》い付《つ》ける**2ことで流通経路《りゅうつうけいろ》を短縮《たんしゅく》し、新鮮《しんせん》な商品《しょうひん》を合理的《ごうりてき》な価格《かかく》で販売《はんばい》している店《みせ》も多《おお》い。

近年《きんねん》、生鮮食品店《せいせんしょくひんてん》の多《おお》くは小規模農家《しょうきぼのうか》からの直送品調達《ちょくそうひんちょうたつ》や店頭《てんとう》での**真空《しんくう》パック**3など経営《けいえい》を見直《みなお》している。SNSで産地《さんち》や特別価格《とくべつかかく》などの最新情報《さいしんじょうほう》を毎日《まいにち》発信《はっしん》している店《みせ》もある。激《はげ》しい競争《きょうそう》の中《なか》でも品質《ひんしつ》と信頼《しんらい》を武器《ぶき》に馴染《なじ》み客《きゃく》をつなぎ留《と》めている。需要《じゅよう》の変化《へんか》に柔軟《じゅうなん》に対応《たいおう》すれば、発展《はってん》の余地《よち》はまだある。

調味肉排、香腸與火鍋料，方便直接烹調。冷藏櫃內存放不同部位的肉品，選購者可依需求請店員現切，確保分量合適。

這些攤位以實惠價格招攬客人，售價通常依市場狀況調整。例如，魚販依漁獲量變動價格，肉舖則視部位與供需調整定價，以靈活策略維持客源。與大型零售通路或超市相比，生鮮食品店省去高額租金與配送成本，因此能提供更具競爭力的價格。許多店主直接向產地採購，縮短流通環節，使商品更新鮮，價格也更為合理。

近年來，許多店開始調整經營方式，如引進小農直送產品、提供現場處理與真空包裝。一些業者透過社群媒體發布每日貨源與特價訊息，讓顧客即時掌握最新商品。即使市場競爭激烈，生鮮食材店仍憑藉品質與信賴感，在熟客群體中占有一席之地。只要能彈性應對需求變化，依然具備發展空間。

單字

1. 水《みず》揚《あ》げ量《りょう》 名 漁獲量
2. 買《か》い付《つ》ける 動 採購、大量收購
3. 真空《しんくう》パック 名 真空包裝

017

お魚を切り身にしてもらえますか？

可以請您幫我把魚切片嗎？

A：すみません、このサバを一匹《いっぴき》ください。

B：はい、かしこまりました。今日《きょう》のサバは新《しん》鮮《せん》ですよ。

A：ありがとうございます。切《き》り身《み》にしてもらえますか？

B：もちろんです。何《なん》切《き》れにしますか？

A：２《ふた》切《き》れでお願《ねが》いします。

B：わかりました。少々《しょうしょう》お待《ま》ちください。

A：はい、よろしくお願《ねが》いします。

B：お料理《りょうり》は何《なに》を作《つく》る予定《よてい》ですか？

A：サバを焼《や》いて食《た》べようと思《おも》っています。

B：いいですね。塩焼《しおや》きですか？それとも、タレをつけて焼《や》きますか？

A：塩焼《しおや》きにしようかなと思《おも》っています。

B：それでは、きれいに切《き》り身《み》にしておきますね。

A：ありがとうございます。楽《たの》しみです！

A：不好意思，請給我這條鯖魚。

B：好的，今天的鯖魚很新鮮哦。

A：謝謝。可以幫我把魚切片嗎？

B：當然可以，您要切成幾片呢？

A：請切成兩片。

B：好的，請稍等一下。

A：好的，麻煩您了。

B：您打算做什麼料理呢？

A：我打算把鯖魚烤來吃。

B：聽起來不錯。您是打算做鹽烤嗎？ 還是塗上醬料烤呢？

A：我打算做鹽烤。

B：那我幫您切成漂亮的切片。

A：謝謝您，我很期待！

文法

「～てもらえますか？」——「能不能幫我做～？」或「可以請你做～嗎？」

是日語中一種非常常見的日常請求表達方式，用來表示希望對方幫忙做某事。

例句：「この書類《しょるい》をコピーしてもらえますか？」（可以幫我複印一下這份文件嗎？）

「荷物《にもつ》を運《はこ》んでもらえますか？」（能幫我搬一下行李嗎？）

4

018

服屋と靴屋
服裝店與鞋店

日本《にほん》の商店街《しょうてんがい》では伝統的《でんとうてき》な服《ふく》や改良《かいりょう》モデルの着物《きもの》、浴衣《ゆかた》を販売《はんばい》する「服屋《ふくや》」と手作《てづく》りの「靴屋《くつや》」を目《め》にすることがある。小規模《しょうきぼ》だが長年《ながねん》経営《けいえい》しており、馴染《なじ》み客《きゃく》が中心《ちゅうしん》だ。大手《おおて》チェーンとは違《ちが》い、各季節《かくきせつ》の需要《じゅよう》と実用性《じつようせい》を重視《じゅうし》している。服屋《ふくや》は天候《てんこう》や流行《りゅうこう》の変化《へんか》に応《おう》じた和服《わふく》や改良《かいりょう》モデルを陳列《ちんれつ》し、靴屋《くつや》は快適《かいてき》さと機能性《きのうせい》にこだわっている。一部《いちぶ》の店《みせ》は手作《てづく》りを続《つづ》け、修理《しゅうり》も手掛《てが》けている。

服屋《ふくや》の商品《しょうひん》は季節《きせつ》によって変《か》わる。冬《ふゆ》は保温《ほおん》**インナー**[1]、**ダウンジャケット**[2]、**ウインドブレーカー**[3]、夏《なつ》は軽量薄型《けいりょううすがた》の物《もの》が中心《ちゅうしん》だ。一部《いちぶ》の店《みせ》では甚平《じんべい》や浴衣《ゆかた》など伝統的《でんとうてき》な和服《わふく》を販売《はんばい》し、外国人観光客《がいこくじんかんこうきゃく》が日本文化《にほんぶんか》を体験《たいけん》できるようレンタルを行《おこな》っている。若者《わかもの》が興味《きょうみ》を持《も》つよう、普段着《ふだんぎ》と簡単《かんたん》に**コーデ**[4]できる現代仕立《げんだいじた》ての改良版和服《かいりょうばんわふく》を販売《はんばい》している店《みせ》もある。

中古《ちゅうこ》の服屋《ふくや》も人気《にんき》だ。店《みせ》の棚《たな》には古着《ふるぎ》

日本商店街內偶爾能見到販售傳統服飾、改良和服與浴衣的「服飾店」，或是專門製作手工鞋的「鞋店」。店舖規模不大，但長年經營，主要服務熟客。與大型連鎖品牌不同，它們更關注季節需求與實用性。「服裝店」專賣日式服飾或改良款式，隨天氣與流行變化調整商品陳列。「鞋店」則講求舒適與機能性，部分店家仍維持手工製作，並提供維修服務。

「服裝店」的商品依季節更替，冬季陳列保暖內搭、羽絨外套與防風外衣，夏季則以輕薄服飾為主。有些專賣日式傳統服裝，如甚平、浴衣，並備有租借服務，方便外國旅客體驗當地文化；也有店面販賣改良和服，採用簡便穿法與現代剪裁搭配日常服飾，讓年輕人願意嘗試。

單字

1. インナー 名 內衣、內搭衣 (英 inner)
2. ダウンジャケット 名 羽絨外套 (英 down jacket)
3. ウインドブレーカー 名 防風外套 (英 windbreaker)
4. コーデ 名 穿搭、搭配 (英 coordinate)

が色《いろ》やブランド、種類《しゅるい》に応《おう》じて整然《せいぜん》とぎっしり並《なら》んでおり、気軽《きがる》に選択可能《せんたくかのう》だ。特売《とくばい》コーナーの商品《しょうひん》はさらに安《やす》く、再利用《さいりよう》につながる。一部《いちぶ》の店《みせ》では特定《とくてい》の年代《ねんだい》のビンテージ[1]物《ぶつ》を扱《あつか》っており、レトロ好《ず》きの人《ひと》に好評《こうひょう》だ。古着《ふるぎ》は新品《しんぴん》より安《やす》く、珍《めずら》しい品《しな》を掘《ほ》り出《だ》せることもある。店主《てんしゅ》は客《きゃく》に合《あ》う仕立《した》て方《かた》やコーデの仕方《しかた》を薦《すす》めてくれる。

靴屋《くつや》にも様々《さまざま》な種類《しゅるい》がある。伝統的《でんとうてき》な老舗《しにせ》は手作《てづく》りの製靴技術《せいかぎじゅつ》が売《う》りで、店《みせ》では各種《かくしゅ》の皮革《ひかく》、靴型《くつがた》を展示《てんじ》し、足《あし》を測《はか》って靴《くつ》を作《つく》る。客《きゃく》は材質《ざいしつ》や靴底《くつぞこ》の厚《あつ》さ、加工方法《かこうほうほう》を選択《せんたく》できる。一部《いちぶ》の店《みせ》では長時間《ちょうじかん》の歩行《ほこう》に適《てき》した快適《かいてき》で耐久《たいきゅう》性《せい》の高《たか》い機能靴《きのうぐつ》を専売《せんばい》しており、高齢《こうれい》者《しゃ》や立《た》ちっぱなしの人《ひと》に人気《にんき》だ。

近年《きんねん》は中古《ちゅうこ》の靴屋《くつや》が増《ふ》えている。一部《いちぶ》の店《みせ》ではレトロなスポーツ靴《ぐつ》を専門《せんもん》に扱《あつか》っており、多《おお》くの限定《げんてい》モデルが見《み》つかるため収集家《しゅうしゅうか》に人気《にんき》だ。靴底交換《くつぞここうかん》やアッパー[2]補強《ほきょう》、染《そ》め直《なお》しなどの修理《しゅうり》

除了新衣服，二手服飾店同樣受到歡迎。店內貨架上擺滿整理過的舊衣，並依顏色、品牌或款式分類，讓顧客輕鬆挑選。特價區則有更實惠的選擇，使舊衣物得以再次流通。部分商家還專營特殊年代的復古服飾，吸引喜愛懷舊風格的買家。相較新品，二手衣價格親民，且能挖到市面上少見的款式，店主甚至會根據顧客需求推薦合適的剪裁或搭配建議。

「鞋店」的種類同樣多元。傳統老舖以手工製鞋技藝見長，店內展示各式皮革與鞋楦，並量腳訂製，客人可選擇材質、鞋底厚度與細節加工。特定店家則專營機能鞋，強調舒適與耐用，適合長時間行走，深受銀髮族或需久站者青睞。

近幾年，二手鞋市場興起，其中幾家專門回

單字

1. ビンテージ 名 復古、老式、經典（英 (vintage)
2. アッパー 名 上部、鞋面（英 upper)

を手掛《てが》ける店《みせ》もある。古《ふる》い靴《くつ》を捨《す》てずに良《よ》い状態《じょうたい》に保《たも》ち、寿命《じゅみょう》を延《の》ばせるため、サステナブル[1]消費《しょうひ》の流《なが》れにも合《あ》っている。商店街《しょうてんがい》の靴屋《くつや》はこうした修理《しゅうり》と販売《はんばい》の両方《りょうほう》を手掛《てが》けているからこそ、実店舗《じってんぽ》で靴《くつ》を買《か》う人《ひと》を固定客《こていきゃく》として確保《かくほ》できる。

商店街《しょうてんがい》の零細店舗《れいさいてんぽ》は低価格《ていかかく》、多品種《たひんしゅ》が売《う》りの大型《おおがた》ショッピングセンター、通販《つうはん》サイトの市場参入《しじょうさんにゅう》により、競争力《きょうそうりょく》が低下《ていか》している。また、流行《りゅうこう》が激《はげ》しく変化《へんか》する中《なか》で、伝統的《でんとうてき》な服《ふく》や手作《てづく》り靴《ぐつ》の需要《じゅよう》が減少《げんしょう》しており、服屋《ふくや》、靴屋《くつや》の多《おお》くはレンタルや改良《かいりょう》モデルの販売《はんばい》、中古品《ちゅうこひん》を手掛《てが》けて顧客《こきゃく》を開拓《かいたく》している。ネット購入《こうにゅう》が習慣化《しゅうかんか》している人《ひと》の来店《らいてん》を促《うなが》すため、SNSで新商品《しんしょうひん》を宣伝《せんでん》している店《みせ》もある。

收並銷售復古運動鞋，許多限量款式仍能在店裡內找到，受到收藏者青睞。此外，某些業者也推出修鞋服務，從換鞋底、補強鞋面到重新染色，讓舊鞋維持良好狀態，而非直接丟棄，不僅延長鞋款壽命，也符合永續消費趨勢。這種維護與交易並行的經營模式，使商店街內的鞋店保有固定客源，招攬習慣實體購物的顧客。

隨著大型購物中心與電商平台以低價與多樣性搶占市場，削弱商店街內小型店舖的競爭力。加上流行變化迅速，傳統服裝與手工鞋需求減少，不少服裝與鞋店業者因此調整經銷模式，如提供租借、販售改良款，或結合二手市場拓展客源。一些店主也透過社群媒體推廣新品，企圖讓習慣網購的消費者回流。

單字

1. サステナブル　な形　永續的、可持續的（英 sustainable）

文法

「～にもぴったり」

意思是「非常適合～」、「正好適合～的情境或用途」。

例句：「この服《ふく》はパーティーにもぴったりです。」（這件衣服也非常適合在派對場合穿。）

「この靴《くつ》は仕事《しごと》にもぴったりだと思《おも》います。」（我覺得這雙鞋子也適合上班穿。）

019

この浴衣、試着させていただけますか？

我可以試穿這件浴衣嗎？

A：こんにちは。この浴衣《ゆかた》、すごくきれいですね。

B：いらっしゃいませ。ありがとうございます。人気《にんき》のある柄《がら》ですよ。

A：気《き》に入《い》りました。試着《しちゃく》させていただけますか？

B：もちろんです。どうぞこちらの試着《しちゃく》スペースをご利用《りよう》ください。

A：初《はじ》めて浴衣《ゆかた》を着《き》るので、ちょっと不安《ふあん》です。

B：ご安心《あんしん》ください。着付《きつ》けのお手伝《てつだ》いをしますね。

A：助《たす》かります。よろしくお願《ねが》いします。

B：この柄《がら》は夏祭《なつまつ》りにもぴったりですよ。涼《すず》しげで華《はな》やかです。

A：本当《ほんとう》に涼《すず》しくて動《うご》きやすいですね。

B：帯《おび》はこの淡《あわ》いピンクが合《あ》うと思《おも》います。どうでしょうか？

A：すごくかわいいです！これを買《か》います。

B：ありがとうございます。素敵《すてき》に着《き》こなしてくださいね！

A：你好。這件浴衣好漂亮啊！

B：歡迎光臨。謝謝您，這款圖案很受歡迎喔。

A：我很喜歡。可以讓我試穿看看嗎？

B：當然可以。請使用這邊的試衣間。

A：我是第一次穿浴衣，有點擔心。

B：請不用擔心，我會幫您穿好的。

A：太好了，麻煩您了。

B：這個圖案也非常適合穿去夏日祭典喔，涼爽又華麗。

A：真的很涼快、也很好活動呢。

B：這條淡粉色的腰帶和衣服很搭配，您覺得如何？

A：超可愛的！我就買這套好了。

B：謝謝您，祝您穿得漂亮又開心！

喫茶店と茶屋
咖啡店與茶屋

日本《にほん》の商店街《しょうてんがい》にある喫茶店《きっさてん》と茶屋《ちゃや》には特色《とくしょく》がある。喫茶店《きっさてん》は昭和時代《しょうわじだい》に欧米《おうべい》の影響《えいきょう》で誕生《たんじょう》した。主《おも》に手《て》で淹《い》れるコーヒーと軽食《けいしょく》を提供《ていきょう》している。日本《にほん》の茶文化《ちゃぶんか》を受《う》け継《つ》ぐ茶屋《ちゃや》は煎茶《せんちゃ》や焙茶《ほうじちゃ》、抹茶《まっちゃ》を提供《ていきょう》している。両店《りょうてん》ともスイーツも提供《ていきょう》しており、地元住民《じもとじゅうみん》や観光客《かんこうきゃく》が一息《ひといき》入《い》れたり会話《かいわ》する場《ば》でもある。

伝統的《でんとうてき》な喫茶店《きっさてん》の大半《たいはん》は昭和風《しょうわふう》の内装《ないそう》で、木《き》のテーブルとイス、レコード、古新聞《ふるしんぶん》などのレトロ品《ひん》が見《み》られる。軽《けい》音楽《おんがく》で快適《かいてき》な雰囲気《ふんいき》を作《つく》っている店《みせ》が多《おお》い。江戸時代《えどじだい》に登場《とうじょう》した茶屋《ちゃや》は和風《わふう》の設計《せっけい》が中心《ちゅうしん》で、暖簾《のれん》、竹《たけ》の屏風《びょうぶ》、座《ざ》敷《しき》が静謐《せいひつ》さを添《そ》え、スローライフ、禅《ぜん》の雰囲気《ふんいき》を醸《かも》し出《だ》している。

喫茶店《きっさてん》の飲《の》み物《もの》は店《みせ》で淹《い》れるコーヒーが中心《ちゅうしん》で、香《かお》りと安定《あんてい》したコクを出《だ》せるサイフォン 1、ドリップ 2、エスプレッソが主流《しゅりゅう》だ。紅茶《こうちゃ》やココア、炭酸飲《たんさんいん》料《りょう》も提供《ていきょう》している。夏《なつ》は水出《みずだ》しコーヒー 3、冬《ふゆ》はホットココアなど季節《きせつ》や好《この》

日本商店街中的「咖啡店與茶屋」各具特色，前者源於昭和時代，受歐美文化影響，主打手沖咖啡與輕食；後者則承襲日式茶文化，販售煎茶、焙茶、抹茶等品項。這兩類店面，不僅提供飲品與點心，更是居民與旅客短暫歇息、交流的場所。

傳統咖啡店的裝潢多維持昭和時期風格，木質桌椅、黑膠唱片、舊報紙等懷舊元素常見於店內，許多店舖播放輕音樂，營造舒適感。起源於江戶時代的茶屋則以日式設計為主，暖簾、竹編屏風、榻榻米座位使空間更顯靜謐，展現慢活與禪意的氛圍。

飲品方面，咖啡店以現煮咖啡為主，常見沖泡方式包括虹吸、滴漏與義式濃縮，確保香氣與層次穩定。除咖啡外，也供應紅茶、可可亞、碳酸飲料，並依季節變化推出限定款，如夏季冰滴、冬日熱可可，以迎合不同喜好。甜點則以西式糕點為主，如起司蛋

單字

1. サイフォン 名 虹吸咖啡（英 siphon）
2. ドリップ 名 滴漏式咖啡（英 drip）
3. 水出《みずだ》しコーヒー 名 冷萃咖啡

みに応《おう》じた限定飲料《げんていいんりょう》もある。スイーツはチーズケーキ、ココアムース、カラメルプリンなど洋菓子《ようがし》が中心《ちゅうしん》で、コーヒーと食《た》べると味《あじ》わいが増《ま》す。一部地《いちぶち》域《いき》の店《みせ》では「朝食文化《ちょうしょくぶんか》」もある。例《たと》えば名古屋《なごや》の商店街《しょうてんがい》の店《みせ》では、コーヒー一杯《いっぱい》の注文《ちゅうもん》でトーストと卵《たまご》が付《つ》いてくるメニューが朝《あさ》の定番《ていばん》だ。

茶屋《ちゃや》は煎茶《せんちゃ》、焙茶《ほうじちゃ》、玄米茶《げんまいちゃ》、抹茶《まっちゃ》などの日本茶《にほんちゃ》を提供《ていきょう》している。一部《いちぶ》の店《みせ》では特定産地《とくていさんち》の茶葉《ちゃば》を使用《しよう》し、独特《どくとく》の風《ふう》味《み》が堪能《たんのう》できる。近年《きんねん》は水出《みずだ》し茶《ちゃ》や茶《ちゃ》ラテなど新《あら》たな飲料《いんりょう》が普及《ふきゅう》し、需要《じゅよう》が拡大《かくだい》している。スイーツは羊羹《ようかん》や蕨《わらび》餅《もち》、小豆白玉《あずきしらたま》など伝統的《でんとうてき》な和菓子《わがし》を提《てい》供《きょう》しており、茶《ちゃ》と食《た》べると味《あじ》わいに調《ちょう》和《わ》が取《と》れる。新《あら》たな顧客層獲得《こきゃくそうかくとく》のために抹茶《まっちゃ》ソフト、焙茶《ほうじちゃ》ムースなどの新《しん》メニューを開発《かいはつ》している店《みせ》もある。

喫茶店《きっさてん》と茶屋《ちゃや》の大半《たいはん》は個人営業《こじんえいぎょう》で、店《てん》主《しゅ》によってレイアウトやメニュー、雰《ふん》囲気《いき》が異《こと》なる。喫茶店《きっさてん》は通常《つうじょう》テーブルが小《ちい》さく、一人客《ひとりきゃく》や少人数《しょうにんずう》の集《あつ》まりに向《む》いている。茶屋《ちゃや》はじっくり茶《ちゃ》を堪能《たんのう》

糕、可可慕斯、焦糖布丁，與咖啡搭配享用，能提昇整體風味。除了午茶時段，部分地區更發展出「早餐文化」，例如在名古屋，客人點上一杯咖啡即附贈吐司與雞蛋，成為當地商店街晨間飲食習慣之一。

茶屋專注於日本茶，提供煎茶、焙茶、玄米茶與抹茶等，特定業者選用特定產地茶葉，讓顧客品嚐不同風味。近年來，冷泡系列與茶拿鐵等創新茶品逐漸普及，吸引更多消費者嘗試。甜點則以傳統日式點心為主，如羊羹、蕨餅、紅豆白玉，與茶類搭配可平衡口感。其中幾家茶館也開發新式甜品，如抹茶霜淇淋、焙茶奶酪，以拓展顧客層。

運營模式上，咖啡店與茶屋大多為個體戶，店主的風格影響店內擺設、餐點設計及整體氣氛。前者通常設有小桌，適合獨自造訪或小型聚會，後者則以簡約格局為主，使顧客能專注於品茶。

できるよう、シンプルな間取《まど》りの店《みせ》が多《おお》い。

近年《きんねん》は消費習慣《しょうひしゅうかん》の変化《へんか》、チェーン店《てん》の出店拡大《しゅってんかくだい》を受《う》け、伝統的《でんとうてき》な喫茶店《きっさてん》と茶屋《ちゃや》は苦境《くきょう》に立《た》たされており、一部《いちぶ》の店《みせ》では会社員《かいしゃいん》などの通勤客向《つうきんきゃくむ》けに、**テイクアウト**しやすいボトルの水出《みずだ》し茶《ちゃ》やドリップパックのコーヒーを提供《ていきょう》している。都市《とし》では賃料上昇《ちんりょうじょうしょう》や後継者不足《こうけいしゃぶそく》により店《みせ》を畳《たた》んだ老舗《しにせ》が少《すく》なくない。

また、客《きゃく》が原料《げんりょう》の産地《さんち》と風味《ふうみ》の特徴《とくちょう》を理解《りかい》できるよう、生産者《せいさんしゃ》と提携《ていけい》した「産地直送《さんちちょくそう》」に力《ちから》を入《い》れている。客《きゃく》がコーヒーや茶文化《ちゃぶんか》への理解《りかい》を深《ふか》められるよう、ハンドドリップや茶道《さどう》を体験《たいけん》できるサービスを提供《ていきょう》している店《みせ》もある。

近年來，消費習慣轉變，連鎖咖啡品牌的擴展使傳統咖啡店與茶屋面臨挑戰。某些經營者開始推出適合外帶的產品，如瓶裝冷泡茶、濾掛咖啡，以吸引通勤族與上班族。此外，都市發展導致租金上漲，加上後繼無人，不少老店因此歇業。

為應對變化，業者開始與產區合作，強調「產地直送」，讓消費者更了解原料來源與風味特點。也有茶館與咖啡館開發體驗型服務，如手沖教學、茶道示範，讓顧客在消費的同時，深入認識飲品文化，為傳統店家創造新的價值。

單字

テイクアウト 名 外帶（英 takeout）

文法

「～をお願《ねが》いします」

用來請求某物或某個服務，意思是「請給我～」，「請幫我做～」，可以加在動作或物品之後來表達請求。

例句：「コーヒーをお願《ねが》いします。」（請給我咖啡。）

「支払《しはら》いをお願《ねが》いします。」（請幫我結帳。）

021

コーヒーとデザートのおすすめ

推薦咖啡和甜點

A：いらっしゃいませ！ご来店《らいてん》ありがとうございます。

B：こんにちは。このお店《みせ》のコーヒーはどれがおすすめですか？

A：うちのコーヒーはサイフォンコーヒーが一《いち》番人《ばんにん》気《き》です。香《かお》りもコクも豊《ゆた》かですよ。

B：サイフォンコーヒーですか。どんな特徴《とくちょう》がありますか？

A：少し濃《こ》いめで、香《かお》りが豊《ゆた》かで、深《ふか》い味《あじ》わいを楽《たの》しめますよ。

B：それはいいですね！じゃあ、それをお願《ねが》いします。

A：ありがとうございます。デザートも一緒《いっしょ》にいかがですか？

B：何《なに》かおすすめのデザートはありますか？

A：チーズケーキ、ココアムース、カラメルプリンがあります。

B：どのデザートがコーヒーに合《あ》いますか？

A：チーズケーキが一番《いちばん》コーヒーとの相性《あいしょう》が良《よ》いですね。

B：それじゃあ、サイフォンコーヒーとチーズケーキをお願《ねが》いします。

A：かしこまりました。少々お待《ま》ちください。

A：歡迎光臨！ 謝謝您到本店。

B：你好，有什麼推薦的咖啡嗎？

A：我們店的咖啡以虹吸咖啡最受歡迎，香氣和口感都很豐富。

B：虹吸咖啡嗎？ 有什麼特別呢？

A：它的味道稍微濃一些，香氣很豐富，能享受到深邃的口感。

B：聽起來不錯！ 那就請來一杯吧。

A：謝謝您。您要不要也點個甜點呢？

B：有什麼推薦的甜點嗎？

A：我們有起司蛋糕、可可慕斯和焦糖布丁。

B：哪款甜點和咖啡最搭呢？

A：起司蛋糕是和咖啡最配的，口感最相襯。

B：那我就點一杯虹吸咖啡和起司蛋糕吧。

A：好的，請稍等一下，馬上為您準備。

家庭用品店と百円ショップ

家居用品與百元商品店

「家庭用品店《かていようひんてん》と百円《ひゃくえん》ショップ」の起源《きげん》は昭和時代《しょうわじだい》にまで遡《さかのぼ》る。当時《とうじ》の「日用品店《にちようひんてん》」は主《おも》に調理器具《ちょうりきぐ》や掃除用具《そうじようぐ》、木製食器《もくせいしょっき》を販売《はんばい》していて、需要《じゅよう》の変化《へんか》に伴《ともな》い、収納用具《しゅうのうようぐ》、清掃用具《せいそうようぐ》、文房具《ぶんぼうぐ》、食器《しょっき》なども取《と》り扱《あつか》うようになった。百円《ひゃくえん》ショップは一九八〇《せんきゅうひゃくはちじゅう》年代《ねんだい》に登場《とうじょう》した。商品《しょうひん》を全《すべ》て百円《ひゃくえん》で販売《はんばい》する経営《けいえい》モデルで急速《きゅうそく》に消費者《しょうひしゃ》の人気《にんき》を呼《よ》び、商店街《しょうてんがい》で馴染《なじ》みの店《みせ》となった。家庭用品店《かていようひんてん》は商品《しょうひん》の耐久性《たいきゅうせい》、機能性《きのうせい》、百円《ひゃくえん》ショップは低価格《ていかかく》、種類《しゅるい》の豊富《ほうふ》さが売《う》りだ。いずれの店《みせ》も今《いま》では地元住民《じもとじゅうみん》の重要《じゅうよう》な買《か》い物先《ものさき》として商店街《しょうてんがい》に溶《と》け込《こ》んでいる。

伝統的《でんとうてき》な商店街《しょうてんがい》にある家庭用品店《かていようひんてん》の多《おお》くは家族経営《かぞくけいえい》で規模《きぼ》は小《ち》さい。木製《もくせい》、金属《きんぞく》**ラック**[1]に商品《しょうひん》を陳列《ちんれつ》しており、客《きゃく》を呼《よ》び込《こ》むために入口《いりぐち》のところにも商品《しょうひん》を並《なら》べる従来方式《じゅうらいほうしき》を採用《さいよう》している。商品《しょうひん》は竹製《たけせい》の箸置《はしお》きや陶磁器《とうじき》の椀《わん》、皿《さら》、綿麻《めんあさ》の**ふきん**[2]など昔《むかし》ながらのものが大半《たいはん》で、冬《ふゆ》は**こたつ**[3]用毛《ようもう》

「家居用品店與百元商店」的起源可追溯至昭和時期，當時的「日用品店」主要販售炊具、掃具、木製器皿，隨著需求變化，逐步擴展至收納工具、清潔用品、文具與餐具等種類。「百元商店」則於1980年代興起，採取統一定價模式，迅速吸引消費者，成為商店街內常見的營業場所。家居用品店重視商品的耐用度與功能性，百元商店則以價格親民、種類多元的特性供應更多選擇。經過長時間發展，這兩類店舖已融入當地街區環境，成為社區日常採買的重要據點。

傳統商店街中的家居用品店多由家族經營，規模不大，陳列方式通常以木架或金屬層架展示，店面則延續過去的擺設方式，將商品放置於門口，吸引顧客進入選購。它們大多販售傳統和風用品，如竹製筷架、陶瓷碗盤、棉麻抹布等，並會根據季節變化進貨，例如冬季提供暖桌毛毯，夏季則銷售竹製扇

單字

1. ラック 名 架子、置物架（英 rack）
2. ふきん 名 抹布、擦拭布
3. こたつ 名 被爐

布《ふ》、夏《なつ》は竹製《たけせい》の扇子《せんす》、**蚊取《かと》り線香《せんこう》**[1]台《だい》など季節《きせつ》に応《おう》じた商品《しょうひん》も販売《はんばい》している。価格《かかく》は材質《ざいしつ》、産地《さんち》によって異《こと》なり、一部《いちぶ》の商品《しょうひん》はチェーンのスーパーよりやや高《たか》いが、耐久性《たいきゅうせい》が高《たか》いため、今《いま》でも多《おお》くの人《ひと》に人気《にんき》だ。

百円《ひゃくえん》ショップは大量《たいりょう》仕入《しい》れによりコストを抑《おさ》えている。商品《しょうひん》は収納《しゅうのう》ボックスや**シリコン**[2]の調理器具《ちょうりきぐ》、日常的《にちじょうてき》な小《こ》物《もの》から園芸《えんげい》、ペット用品《ようひん》、クリエイティブな商品《しょうひん》に至《いた》るまで多種多様《たしゅたよう》だ。近《きん》年《ねん》は実用性《じつようせい》と美《うつく》しさの両方《りょうほう》を求《もと》める需《じゅ》要《よう》に応《おう》じ、北欧風《ほくおうふう》の食器《しょっき》や無印良品風《むじるしりょうひんふう》の収納《しゅうのう》かごなどデザイン性《せい》の強《つよ》い商品《しょうひん》も販売《はんばい》している。百円《ひゃくえん》ショップは家庭《かてい》用品店《ようひんてん》より商品《しょうひん》の入《い》れ替《か》わりが早《はや》く、価格《かかく》が一定《いってい》でラベル表示《ひょうじ》も明確《めいかく》なため、直感的《ちょっかんてき》に買《か》い物《もの》ができる。一部《いちぶ》商《しょう》店街《てんがい》の百円《ひゃくえん》ショップでは近《ちか》くの店舗《てんぽ》と提携《ていけい》し、地域限定《ちいきげんてい》の商品《しょうひん》や**コラボ**[3]包《ほう》装《そう》を手《て》掛《が》けている。

家庭用品店《かていようひんてん》は通常《つうじょう》、商店街《しょうてんがい》の他《ほか》の店《みせ》と

子與蚊香架。價格取決於材質與產地，少數商品雖然比連鎖超市稍高，但因耐用度較佳，仍受到許多人的喜愛。

百元商店的運營模式則以大量採購降低成本，商品涵蓋收納盒、矽膠廚具、生活小物等，並持續擴展至園藝、寵物用品與文創商品。近年來，百元商店開始引入設計感較強的產品，例如北歐風餐具、無印良品風收納籃等，迎合購買者對美觀與實用並重的需求。與家居用品店相比，百元商店的商品變化較快，且價格固定、標籤清楚，顧客選購

單字

1. 蚊取《かと》り線香《せんこう》 名 蚊香
2. シリコン 名 矽膠（英 silicon）
3. コラボ 名 合作（指兩個品牌或公司進行聯名或合作）（英 collaboration）

同様《どうよう》、早朝《そうちょう》に店《みせ》を開《あ》け、夕方《ゆうがた》に閉《し》める。百円《ひゃくえん》ショップはチェーン店《てん》のため営業《えいぎょう》時間《じかん》が長《なが》く、夜八《よるはち》、九時《くじ》まで営業《えいぎょう》している店《みせ》もある。商店街《しょうてんがい》の惣菜店《そうざいてん》や弁当《べんとう》店《てん》、生鮮食品店《せいせんしょくひんてん》より遅《おそ》くまで営業《えいぎょう》しているため、仕事帰《しごとがえ》りの人《ひと》も日用品《にちようひん》や雑《ざっ》貨《か》を購入《こうにゅう》できる。

消費習慣《しょうひしゅうかん》の変化《へんか》を受《う》け、伝統的《でんとうてき》な商店《しょうてん》街《がい》にある家庭用品店《かていようひんてん》と百円《ひゃくえん》ショップは商品《しょうひん》の種類《しゅるい》を拡充《かくじゅう》したり、地域《ちいき》の発展《はってん》に貢献《こうけん》するなど経営《けいえい》モデルの見直《みなお》しを進《すす》めている。例《たと》えば、環境配慮型商品《かんきょうはいりょがたしょうひん》のコーナーを設《もう》け、繰《く》り返《かえ》し使《つか》えるふきんや竹繊維《たけせんい》の食器《しょっき》を販売《はんばい》するなど、商品《しょうひん》の種類《しゅるい》を増《ふ》やして地元住民《じもとじゅうみん》のニーズに応《こた》えており、商店街《しょうてんがい》を訪《おとず》れる観光《かんこう》客《きゃく》が日本《にほん》の日用品《にちようひん》の特徴《とくちょう》や変化《へんか》を体感《たいかん》できるようにもなっている。

時更為直觀。部分商店街的百元店還會與附近店家合作，推出社區限定商品或聯名包裝，形成區域特色。

家居用品店通常在早晨開始營業，傍晚關店，營業時間與商店街內其他相近。而百元商店因具備連鎖經營的特性，營業時間較長，有些甚至開放至晚間八點或九點。相較於商店街內的熟食店、便當店或生鮮食品店，百元商店提供更長時間的服務，讓下班後的居民仍有機會選購日用品與雜貨。

隨著消費習慣改變，傳統商店街內的家居用品店與百元商店持續調整經營模式，增加商品種類，並融入社區發展。例如：商店開始設置環保商品專區，販售可重複使用的清潔布、竹纖維餐具等，著重對環保的重視。商品品項日益多元，這些門市不僅滿足當地居民的需求，也讓造訪商店街的旅客能夠體驗日本日常用品的特色與變化。

023

使い捨てパンツはどこにありますか？

免洗內褲在哪裡？

A：すみません、使《つか》い捨《す》てパンツはどこにありますか？

B：いらっしゃいませ！使《つか》い捨《す》てパンツは、２階《かい》の日《にち》用品《ようひん》コーナーにありますよ。

A：２階《かい》ですね、ありがとうございます。

B：はい、階段《かいだん》を上《あ》がって右手《みぎて》にあります。下着《したぎ》や靴《くつ》下《した》、タオルなども一緒《いっしょ》に並《なら》んでいます。

A：わかりました！種類《しゅるい》はどんな感《かん》じですか？

B：使《つか》い捨《す》てパンツは主《おも》に白色《はくしょく》のものがあり、サイズもいくつかありますよ。

A：なるほど、助《たす》かります！

B：どういたしまして！もし他《ほか》にご不明点《ふめいてん》があれば、何《なん》でもお聞《き》きくださいね。

A：はい、ありがとうございます。では、そちらに行《い》ってみます。

B：はい、どうぞごゆっくり！

A：ありがとうございました！

B：ありがとうございます、良《よ》いお買《か》い物《もの》を！

A：不好意思，請問免洗內褲在哪裡？

B：歡迎光臨！ 免洗內褲在二樓的日用品區。

A：是在二樓嗎？ 謝謝！

B：是的，從樓梯上去後右手邊就是。那裡也有內衣、襪子、毛巾等商品。

A：明白了，謝謝。那裡有什麼種類的內褲呢？

B：免洗內褲主要是白色的，還有不同的尺寸可以選擇。

A：原來如此，這樣我就放心了！

B：不客氣！ 如果還有其他問題，隨時告訴我。

A：好的，謝謝您！ 我就去那邊看看。

B：沒問題，請慢慢選購！

A：謝謝！

B：謝謝您，祝您購物愉快！

文法

「～はどこにありますか？」」

「～在哪裡？」或「～在哪個地方？」的意思。該句型用來詢問～物、～地點的位置。

例句：「財布《さいふ》はどこにありますか？」（錢包在哪裡？）

「レストランはどこにありますか？」（餐廳在哪裡？）

Part.3

特色商店街

View

024

日本商店街特色概述

日本《にほん》では各地《かくち》に商店街《しょうてんがい》があり、北《きた》から南《みなみ》まで多様《たよう》な地域《ちいき》の景観《けいかん》、風土《ふうど》、文化《ぶんか》を見《み》せている。商店街《しょうてんがい》の多《おお》くは今《いま》でも地元住民《じもとじゅうみん》の衣食住《いしょくじゅう》を支《ささ》える重要《じゅうよう》な場《ば》であり、商店街《しょうてんがい》に足《あし》を踏《ふ》み入《い》れることは、地元《じもと》の暮《く》らしに通《つう》じる門《もん》をくぐり抜《ぬ》けるようなものだ。

「東日本《ひがしにほん》」の商店街《しょうてんがい》は多様性《たようせい》と利便性《りべんせい》が特長《とくちょう》だ。中《なか》でも「十条銀座《じゅうじょうぎんざ》」や「戸越銀座《とごしぎんざ》」など「銀座《ぎんざ》」と名《な》の付《つ》く商店街《しょうてんがい》は繁栄《はんえい》と商業《しょうぎょう》の集積《しゅうせき》を象徴《しょうちょう》しており、伝統《でんとう》とモダンが融合《ゆうごう》したモデル地区《ちく》でもある。大半《たいはん》は屋根《やね》がなく、日光《にっこう》がたっぷり差《さ》し込《こ》む明《あか》るい雰囲気《ふんいき》を醸成《じょうせい》しており、国内外《こくないがい》からの観光客《かんこうきゃく》が多《おお》く訪《おとず》れる異文化交流《いぶんかこうりゅう》の人気《にんき》スポットにもなっている。

「西日本《にしにほん》」はアーケード[1]商店街《しょうてんがい》の発祥地《はっしょうち》だ。通天閣《つうてんかく》の膝元《ひざもと》の「ジャンジャン横丁《よこちょう》」や京都《きょうと》の「古川町商店街《ふるかわちょうしょうてんがい》」はアーケードがあり、カラフルな提灯《ちょうちん》と伝統工芸品《でんとうこうげいひん》が地元《じもと》の濃厚《のうこう》な風情《ふぜい》を醸《かも》し出《だ》している。関西地方《かんさいちほう》の商店街《しょうてんがい》では地域《ちいき》のつながりが重視《じゅうし》されており、買《か》い物《もの》をしながら現地《げんち》の生活《せいかつ》リズム[2]や人情《にんじょう》に浸《ひた》れる。

「東北地方《とうほくちほう》」の商店街《しょうてんがい》は日本《にほん》の他《ほか》の地域《ちいき》に比《くら》べて数《かず》は少《すく》ないものの、郷土色《きょうどしょく》を濃《こ》く残《のこ》している。「一番町商店街《いちばんちょうしょうてんがい》」と「川反商店街《かわばたしょうてんがい》」は古風《こふう》で素朴《そぼく》な[3]雰囲気《ふんいき》が魅力《みりょく》で、仙台《せんだい》の牛《ぎゅう》タンや秋田《あきた》の郷土料理《きょうどりょうり》など地元食材《じもとしょくざい》を使《つか》った美食《びしょく》を販売《はんばい》している。秋田《あきた》の商店街《しょうてんがい》の居酒屋《いざかや》

單字

1. アーケード 名 有屋頂的商店街（英 arcade）
2. リズム 名 節奏、韻律（英 rhythm）
3. 素朴《そぼく》な な形 樸素的、純樸的

日本商店街遍布全國，從北至南展現出多樣化的區域景觀、風土民情與文化內涵。許多商店街至今仍是提供居民滿足日常食衣住需求的主要消費場所，走進這些商店街，就像推開了一扇通往地方生活的大門。

「東日本」的商店街以多樣性與便利性見長，其中「十條銀座」與「戶越銀座」等名稱帶有「銀座」二字的街道，象徵繁榮與商業匯聚，是傳統與現代結合的典範。這些街道多採用開放式無屋頂設計，讓陽光灑滿整條街，營造出通透明亮的氣息，同時吸引大量國內外觀光客，成為國際文化交融的熱門地標。

「西日本」是拱廊商店街的發源地。通天閣下的「JANJAN 橫丁」與京都的「古川町商店街」設有拱形屋頂，搭配七彩燈籠與傳統手工藝，流淌著濃厚的地域風情。關西地區的購物街注重地方連結，旅客在購物的同時，還能沉浸於當地的生活節奏與人情味中。

文法

「～ことは + ～ 動詞 / 形容詞 + ものだ」

強調某個動作、狀況或事實是自然的、理所當然的，或者是一種常見的情況時，就會用「ことは ... ものだ」來表達。

例句 1: 「勉強《べんきょう》することは大切《たいせつ》なことだ」(學習這件事是很重要的事情)。

例句 2: 「失敗することはあるものだ。」(失敗是常有的事。)

では地元醸造《じもとじょうぞう》の日本酒《にほんしゅ》が**主役**《しゅやく》 1 で、精緻《せいち》な**小鉢**《こばち》 2 料理《りょうり》とともに東北《とうほく》の酒文化《さけぶんか》を最大限《さいだいげん》に演出《えんしゅつ》している。

「九州地方《きゅうしゅうちほう》」の商店街《しょうてんがい》は昭和《しょうわ》のレトロなスタイルが人気《にんき》だ。「思案橋横丁《しあんばしよこちょう》」は居酒屋《いざかや》など**ナイトライフ** 3 でにぎわう雰囲気《ふんいき》が観光客《かんこうきゃく》を魅了《みりょう》しており、「豆田町商店街《まめだまちしょうてんがい》」は古《ふる》い建物《たてもの》と通《とお》りの悠然《ゆうぜん》な佇《たたず》まいが歴史的《れきしてき》な情緒《じょうちょ》を醸《かも》し出《だ》している。地元《じもと》の陶器《とうき》や精緻《せいち》な和菓子《わがし》、温泉関連《おんせんかんれん》**グッズ** 4 も販売《はんばい》されており、買《か》い物《もの》や鑑賞《かんしょう》を楽《たの》しみながら九州《きゅうしゅう》の魅力《みりょく》ある暮《く》らしに溶《と》け込《こ》める。

「沖縄《おきなわ》」の「平和通《へいわどお》り」や「栄町市場《さかえまちいちば》」などの商店街《しょうてんがい》は琉球文化《りゅうきゅうぶんか》と南国情緒《なんごくじょうちょ》が見事《みごと》に融合《ゆうごう》している。旧市街地《きゅうしがいち》の市場《いちば》と連結《れんけつ》し、新鮮《しんせん》な熱帯《ねったい》フルーツや海産物《かいさんぶつ》が売《う》られている。「栄町市場《さかえまちいちば》」では夜《よる》になると小《ちい》さな**バー** 5 や居酒屋《いざかや》が明《あか》るく灯《とも》り、ナイトライフの活気《かっき》に満《み》ち溢《あふ》れる。馴染《なじ》みのない人《ひと》も愉快《ゆかい》な雰囲気《ふんいき》の中《なか》ですぐに現地《げんち》の人《ひと》と打《う》ち解《と》け、夜《よる》が深《ふか》まるほどに増《ま》す沖縄《おきなわ》の美《うつく》しさを味《あじ》わうことができる。

日本《にほん》の商店街《しょうてんがい》はそれぞれデザインや機能《きのう》が異《こと》なるが、いずれも「地域色《ちいきしょく》」を中心《ちゅうしん》に打《う》ち出《だ》している。親切《しんせつ》な屋台《やたい》、路上《ろじょう》で**ゴロゴロ** 6 する猫《ねこ》、串《くし》カツとコロッケの香《かお》り、居酒屋《いざかや》の笑《わら》い声《ごえ》——。どの地域《ちいき》にも独自《どくじ》の声《こえ》と味《あじ》があり、どの商店街《しょうてんがい》も感動的《かんどうてき》な物語《ものがたり》を伝《つた》えている。

單字

1. 主役《しゅやく》 名 主角
2. 小鉢《こばち》 名 小碗、小盤子
3. ナイトライフ 名 夜生活 (英 nightlife)
4. グッズ 名 商品 (英 goods)
5. バー 名 酒吧 (英 bar)
6. ゴロゴロ 擬聲副詞 間散的、無所事事

「東北地區」的商店街數量雖然較日本其他地區少，但更專注於保留原生的鄉土特色。「一番町商店街」與「川反商店街」以純樸古風吸引旅人，並提供以當地食材製作的美食，如仙台的牛舌與秋田的鄉土料理。秋田老街的居酒屋則將當地釀造的清酒作為主角，搭配精緻小菜，將東北的酒文化推至極致。

「九州地區」的商店街因昭和懷舊風格而受到青睞。「思案橋横丁」以居酒屋和夜生活的熙攘熱情吸引遊客，而「豆田町商店街」則以古建築與悠然步調展露歷史情懷。這裡同時推廣當地陶器、精緻和果子與溫泉周邊商品，讓造訪的人，透過每次的選購與品味，都再一次陷入九州迷人的生活脈動中。

「沖繩」的商店街如「平和通」與「榮町市場商店街」，充分融合琉球文明與南國情調。這些街道與老街市集相連，販售新鮮的熱帶水果與海鮮。入夜後，「榮町市場」的小型酒吧與居酒屋燈火輝映，將夜生活的活力詮釋得淋漓盡致，陌生人也能在輕鬆愉快的氛圍中，迅速與當地人打成一片，真的是越夜越美麗！

日本的商店街雖然在設計與功能上各有巧思，但都以「地域特色」為核心展開！熱情的攤販、街道上慵懶的貓影、炸串與可樂餅的香氣、居酒屋內的笑聲……每個地區都有屬於自己的聲音與味道，而每條商店街，也都在述說一段動人的故事。

025

1 戸越銀座商店街

戸《と》越《ごし》銀《ぎん》座《ざ》に漂《ただよ》う街《まち》の息吹《いぶき》

東京《とうきょう》都《と》品川《しながわ》区《く》の一角《いっかく》に濃密《のうみつ》な情緒《じょうちょ》漂《ただよ》う「戸《と》越《ごし》銀《ぎん》座《ざ》商《しょう》店《てん》街《がい》」がある。東急《とうきゅう》池上《いけがみ》線《せん》の戸《と》越《ごし》銀《ぎん》座《ざ》駅《えき》から北東《ほくとう》に一《いち》・三《てんさん》キロ続《つづ》き、約《やく》四百《よんひゃく》店《てん》が建《た》ち並《なら》ぶ。新鮮《しんせん》な果物《くだもの》、焼《や》きたてパン、**淹《い》れたて**[1]コーヒー、**コロッケ**[2]、唐《から》揚《あ》げ、焼《や》き団《だん》子《ご》の香《かお》りと笑《わら》い声《ごえ》、店《みせ》の掛《か》け声《ごえ》が商店《しょうてん》街《がい》を活気《かっき》で満《み》たしている。奥《おく》には由緒《ゆいしょ》ある温泉《おんせん》と神社《じんじゃ》がこの地《ち》を守《まも》るように佇《たたず》む。目《め》を奪《うば》う高層《こうそう》ビルはないが、心《こころ》に響《ひび》く細《こま》やかさと濃厚《のうこう》な人情味《にんじょうみ》が魅力《みりょく》で、生粋《きっすい》の東京《とうきょう》と文化《ぶんか》の息吹《いぶき》を味《あじ》わおうと多《おお》くの人《ひと》が訪《おとず》れる。

「銀《ぎん》座《ざ》」の意味《いみ》

東京《とうきょう》には「銀《ぎん》座《ざ》」と名《な》の付《つ》く商《しょう》店《てん》街《がい》が多《おお》く、中《なか》でも戸《と》越《ごし》銀《ぎん》座《ざ》が最《もっと》も歴史《れきし》が古《ふる》い。一九二三年《せんきゅうひゃくにじゅうさんねん》の関東《かんとう》大震災《だいしんさい》後《ご》、銀座《ぎんざ》で不要《ふよう》になった**赤《あか》レンガ**[3]を使《つか》って復《ふっ》旧《きゅう》に乗《の》り出《だ》し、繁栄《はんえい》への願《ねが》いを込《こ》めて銀座《ぎんざ》の名《な》を冠《かん》するようになった。「銀《ぎん》座《ざ》」は江戸《えど》時代《じだい》に盛《さか》り場《ば》の代名詞《だいめいし》となり、その後《ご》、**客足《きゃくあし》**[4]が増《ふ》えるようにとの願《ねが》いから多《おお》くの場所《ばしょ》で用《もち》いられた。戸《と》越《ごし》銀《ぎん》座《ざ》はモダン化《か》の流《なが》れには乗《の》らず、昭和《しょうわ》風《ふう》の素朴《そぼく》な佇《たたず》まいを残《のこ》した。**露店《ろてん》**[5]の馴染《なじ》み客《きゃく》の会話《かいわ》、**老舗《しにせ》**[6]店内《てんない》の温《ぬく》もりのある明《あ》かりは今《いま》でもこの商《しょう》店街《てんがい》の最《もっと》も魅力的《みりょくてき》な光景《こうけい》だ。

戸《と》越《ごし》銀《ぎん》座《ざ》の庶民《しょみん》料理《りょうり》

戸《と》越《ごし》銀《ぎん》座《ざ》では安価《あんか》な庶民《しょみん》料理《りょうり》の香《かお》りが

單字

1. 淹《い》れたて 名 剛泡好
2. コロッケ 名 可樂餅（法 Croquette）
3. 赤《あか》レンガ 名 紅磚
4. 客足《きゃくあし》 名 來客量
5. 露店《ろてん》 名 路邊攤
6. 老舗《しにせ》 名 老字號店鋪、老店

戶越銀座的城市呼吸

東京品川區一隅，有條蘊藏溫厚情感的「戶越銀座商店街」。從東急池上線的戶越銀座站向東北延伸，串聯起1.3公里的文化脈絡。約400家店鋪沿街而立，新鮮蔬果、現烤麵包、手沖咖啡的香氣，混合可樂餅、炸雞與烤糰子的鹹香味，還伴隨街角的笑聲與叫賣聲，使這裡充滿活力。老澡堂與神社靜靜矗立在街道深處，守護這片土地。這裡雖無摩天大樓的炫目光彩，卻在細節中觸動人心，散發濃厚的人情味，吸引無數訪客前來感受最地道的東京生活與人文氣息。

「銀座」背後蘊藏的意義

東京有許多冠上「銀座」的商店街，而戶越銀座是其中歷史最悠久的一條。1923年關東大地震後，利用銀座的紅磚瓦礫重建商圈，並以此命名，象徵對繁榮的期盼。江戶時代的「銀座」是商業昌盛的代名詞，爾後許多地區紛紛效仿，希望吸引顧客。時光流轉，戶越銀座沒有追隨現代化轉型的潮流，反而保留昭和時期的純樸風貌。攤販熟客間的寒暄、老店裡的和煦燈光，至今仍是這條街最迷人的景象。

舌尖上的戶越銀座

沿街而行，銅板小吃的香氣四溢！炸得金黃酥脆的可樂餅，內餡多汁、層次豐富，攤位前的大排長龍，早已成為再自然不過的畫面。另家的炭火烤糰子，微焦的外皮刷上鹹甜醬汁，炭香撲鼻，令人難以抗拒。在寒冷的季節裡，後藤蒲鉾老店熱騰騰的關東煮是驅寒的首選，這家已經營一甲子的老店，以純手工的蒲鉾聞名，湯頭醇厚清香，入口便有一股暖意直達心底！

広《ひろ》がっている。黄金色《こがねいろ》に揚《あ》げたサクサクのコロッケはジューシーで重層感《じゅうそうかん》があり、露店前《ろてんまえ》の**長蛇《ちょうだ》の列《れつ》**[1]はもはや当《あ》たり前《まえ》の光景《こうけい》だ。少《すこ》し焦《こ》げた表面《ひょうめん》に甘《あま》辛《から》の**タレ**[2]を塗《ぬ》った炭火《すみび》焼《や》き団子《だんご》は香《こう》ばしさが鼻《はな》を**くすぐり**[3]、つい手《て》が出《で》てしまう。寒《さむ》い季節《きせつ》には後藤蒲鉾店《ごとうかまぼこてん》の熱々《あつあつ》のおでんが一番《いちばん》だ。創業六十年《そうぎょうろくじゅうねん》の老舗《しにせ》で完全手作《かんぜんてづく》りの蒲鉾《かまぼこ》が有名《ゆうめい》。スープはコクがあり香《かお》りもさわやか。口《くち》に入《い》れると心《こころ》の芯《しん》から温《あたた》まる。

荘厳静謐《そうごんせいひつ》の神社《じんじゃ》

「戸越八幡神社《とごしはちまんじんじゃ》」は一五二六年創建《せんごひゃくにじゅうろくねんそうけん》。応神天皇《おうじんてんのう》を祀《まつ》る。「戸越《とごし》」の地名《ちめい》はこの神社《じんじゃ》に由来《ゆらい》するとされる。戸越銀座《とごしぎんざ》で美食《びしょく》を味《あじ》わった後《あと》はここを散策《さんさく》するといいだろう。鳥居《とりい》をくぐると、緑《みどり》と静《しず》けさに包《つつ》まれた参道《さんどう》が続《つづ》き、その先《さき》に木造《もくぞう》の本殿《ほんでん》がある。荘厳《そうごん》で細《こま》やかな彫刻《ちょうこく》からは歴史《れきし》の重厚感《じゅうこうかん》が漂《ただよ》い、にぎやかな商店街《しょうてんがい》と鮮《あざ》やかな対比《たいひ》を成《な》す。**境内《けいだい》**[4]の猿《さる》とウサギの石像《せきぞう》は御神体《ごしんたい》が出現《しゅつげん》した水源地《すいげんち》を守《まも》っていたとされ、今《いま》では**絵馬《えま》**[5]とお守《まも》りの趣深《おもむきぶか》い**イラスト**[6]に描《えが》かれている。

温泉《おんせん》で「洗礼《せんれい》」

最後《さいご》は路地裏《ろじうら》の奥《おく》にある「戸越銀座温泉《とごしぎんざおんせん》」に行《い》けば締《し》めは**完璧《かんぺき》**[7]だ。黒湯《くろゆ》の天然温泉《てんねんおんせん》として知《し》られ、美容《びよう》と疲労回復《ひろうかいふく》に効果《こうか》があるとされる琥珀色《こはくいろ》の「美人《びじん》の湯《ゆ》」を楽《たの》しめる。二〇〇七年《にせんななねん》の改装《かいそう》後は**日替《ひが》わり**[8]で「月《つき》の湯《ゆ》」と「陽《ひ》の湯」を提供《ていきょう》している。木《き》の扉《とびら》を開《あ》けると蒸気《じょうき》が顔《かお》にかかり、湯《ゆ》に浸《つ》かると疲《つか》れが取《と》れていく。長《なが》い廊下《ろうか》の人声《ひとごえ》も遠《とお》のき、安《やす》らぎと心地《ここち》よさだけが残《のこ》る。

單字

1. 長蛇《ちょうだ》の列《れつ》 名 人龍、長長的隊伍
2. タレ 名 醬料
3. くすぐる 動 搔癢
4. 境内《けいだい》 名 神社或寺廟的範圍內
5. 絵馬《えま》 名 繪馬
6. イラスト 名 插畫 (英 Illustration)
7. 完璧《かんぺき》 名 完美、無瑕疵
8. 日替《ひが》わり 名 每日更換、每日不同

殊勝靜謐的神社

「戶越八幡神社」創建於1526年，供奉應神天皇，被認為是「戶越」地名的由來。享用美食後，不妨前往此地散策。穿過鳥居，一條幽靜綠意的參拜道通往木製正殿，莊嚴而細膩的雕刻透著歷史的厚重感，與街區的熱鬧形成鮮明對比。境內的猿與兔子石像，據說曾守護御神體的泉水，如今也成為繪馬與御守上的趣味圖案。

街角溫泉的洗禮

最後，走進巷弄深處的「戶越銀座溫泉」，為商店街之旅劃上完美句點。這座澡堂以天然黑湯聞名，琥珀色的美人湯相傳有美容與緩解疲勞的效果。2007年改裝後，設有「月之湯」與「陽之湯」兩個浴池，每日交替開放。推開木門，蒸氣撲面而來，疲憊隨著泉水散去，長廊上的人聲也漸遠，只剩愜意與舒心悄然留存於心。

文法

「～で満《み》たしている」(充滿～)

「～で満《み》たしている」是由「満《み》たす」的被動表現變化而來，表示某個對象被「～」所填滿、充滿。

～で：表示填滿的手段或材料，相當於「用～、以～」。

満《み》たしている：表示持續的狀態，即「正在充滿著～」或「一直被～填滿」。

例句：「この部屋《へや》は花《はな》の香《かお》りで満《み》たしている。」（這個房間充滿了花香。）

豆知識

繪馬

日本神社、寺廟所提供的一種木製小板，通常上面會畫有各種圖案或寫上願望。人們會在上面寫下自己的祈願或願望，然後掛在神社或寺廟的指定區域。繪馬最常見於祈求健康、學業、戀愛或事業等方面的順利。

026

2 谷中銀座商店街

猫《ねこ》が彩《いろど》る古《ふる》き東京散歩道《とうきょうさんぽみち》

「猫通《ねこどお》り」と呼《よ》ばれる「谷中銀座商店《やなかぎんざしょうてん》街《がい》」は日暮里駅《にっぽりえき》、千駄木駅《せんだぎえき》に近《ちか》い全長《ぜんちょう》百七十《ひゃくななじゅう》メートルの路地裏商店街《ろじうらしょうてんがい》だ。入《いり》口《ぐち》には「谷中《やなか》ぎんざ」の看板《かんばん》ゲートが**そびえ立《た》ち**1、通《とお》りの両脇《りょうわき》には特色《とくしょく》のある商品《しょうひん》や地元《じもと》グルメ、**手作《てづく》り**2グッズなどの小《ちい》さな店約六十軒《みせやくろくじゅっけん》が連《つら》ねる。おしゃれな雰囲気《ふんいき》の「原宿竹下通《はらじゅくたけしたどお》り」や、主《おも》に観光客《かんこうきゃく》が買《か》い物《もの》を楽《たの》しむ「表《おもて》参道《さんどう》」に比《くら》べると地元色《じもとしょく》が強《つよ》く、価格《かかく》も**手頃《てごろ》**3だ。至《いた》るところで目《め》にする手《て》書《が》きの看板《かんばん》や木造建築《もくぞうけんちく》、レトロな内装《ないそう》には下町《したまち》の暮《く》らしが息《いき》づいている。一部《いちぶ》の店《みせ》では古《ふる》き東京《とうきょう》の情緒《じょうちょ》が漂《ただよ》い、タイムスリップしたような既視感《きしかん》を覚《おぼ》える。

猫《ねこ》の階段《かいだん》と猫文化《ねこぶんか》

谷中銀座《やなかぎんざ》の息吹《いぶき》は、多種多様《たしゅたよう》な商品《しょうひん》だけでなく、猫《ねこ》への優《やさ》しさにも由来《ゆらい》する。谷中地区《やなかちく》は「猫《ねこ》の街《まち》」として知《し》られ、一端《いったん》には「猫《ねこ》の階段《かいだん》」と呼《よ》ばれる階段《かいだん》がある。緑《みどり》と静《しず》けさに包《つつ》まれたこの場所《ばしょ》に沢山《たくさん》の**野良猫《のらねこ》**4が集《あつ》まり、**のんびり**5背中《せなか》を伸《の》ばしたりしており、思《おも》わず足《あし》を止《と》めて写真《しゃしん》を撮《と》りたくなる。細《ほそ》い通《とお》りも猫《ねこ》の要素《ようそ》で満《み》ち溢《あふ》れており、猫《ねこ》の陶器《とうき》や**ぬいぐるみ**6、**絵葉《えは》書《がき》**7など趣《おもむき》たっぷりだ。一部《いちぶ》の店《みせ》では「番猫《ばんねこ》」が飼《か》われており、入口《いりぐち》でゴロゴロしたり、客《きゃく》と触《ふ》れ合《あ》ったりする姿《すがた》が可愛《かわい》い光景《こうけい》を作《つく》り出《だ》している。読者《どくしゃ》もここで猫《ねこ》との思《おも》いがけない出会《であ》いを

單字

1. そびえ立《た》つ 動 高聳、屹立
2. 手作《てづく》り 名 親手製作
3. 手頃《てごろ》 な形 價格適中、合適、合理
4. 野良猫《のらねこ》 名 流浪貓、野貓
5. のんびり 副 悠閒、放鬆、不急不忙的狀態
6. ぬいぐるみ 名 布偶、毛絨玩具
7. 絵葉書《えはがき》 名 明信片

貓咪點綴的老東京散步道

有「貓咪街道」之稱的「谷中銀座商店街」，毗鄰日暮里與千駄木車站，是條全長約170公尺的巷弄型商業街。入口處的「谷中銀座」牌坊醒目地矗立，兩側約60家小店，集結特色商品、地道小吃與手作物件，相較於「原宿竹下通」的時尚潮流氣息，或是「表參道」以觀光客為主要客群的購物大道，谷中銀座更接地氣，價格也更加親民！隨處可見的手寫招牌、木質建築與復古裝潢，既有下町風貌的生活特色，也能在部分店鋪中感受到老東京情懷，給人穿越時光的既視感。

貓咪階梯與貓文化

這裡的靈魂不只有多樣化的商品，更來自對「貓咪」的友善與呵護！谷中地區以「貓之街」聞名，街區一端的台階被稱為「貓咪階梯」，寧靜與綠意盎然的環境，吸引許多流浪貓悠然聚集，偶爾伸個懶腰，讓人忍不住駐足拍照。小徑中的貓元素更是無所不在，從喵星人造型的陶器、布偶到明信片，趣味十足。有些店家更養了「看店貓」，牠們慵懶地躺在門口，或熱情地與客人互動，成為一道可愛的風景線。或許，下次你也能與貓咪來場不期而遇的邂逅！

果《は》たせるかもしれない。

感性《かんせい》を呼《よ》び覚《さ》ます味《あじ》わい

谷中銀座《やなかぎんざ》では美食《びしょく》を味《あじ》わったり、霊感《れいかん》を刺激《しげき》したりすることもできる。通《とお》りの両脇《りょうわき》からは**メンチカツ**[1]や鳥《とり》の串焼《くしや》き、タコ焼《や》きなど地元《じもと》グルメの香《かお》りが漂《ただよ》ってきて、つい足《あし》を止《と》めて堪能《たんのう》してみたくなる。また、和風《わふう》の工芸品《こうげいひん》や簡《かん》素《そ》な雑貨店《ざっかてん》には目《め》を引《ひ》き付《つ》ける魅力《みりょく》がある。古民家《こみんか》に隠《かく》れたカフェには目立《めだ》とうとしない自然《しぜん》な雰囲気《ふんいき》が漂《ただよ》い、この商店街《しょうてんがい》に雅《みやび》な趣《おもむき》を添《そ》えている。

細《ほそ》い路地《ろじ》に広《ひろ》がる香《かお》りや音《おと》、光景《こうけい》に心《こころ》も体《からだ》もすっかり安《やす》らぐ。揚《あ》げ物《もの》の香《かお》り、老舗《しにせ》の親《した》しみを帯《お》びた掛《か》け声《ごえ》、時《とき》折《おり》優《やさ》しく響《ひび》く風鈴《ふうりん》の音色《ねいろ》。通《とお》り全体《ぜんたい》が詩的《してき》な**メロディー**[2]に溢《あふ》れており、まるで「立《た》ち止《ど》まって、悠々自適《ゆうゆうじてき》な日常《にちじょう》を取《と》り戻《もど》そう」と囁《ささや》きかけてくるかのようだ。

文化《ぶんか》の集《あつ》まる下町風情《したまちふぜい》

谷中銀座《やなかぎんざ》が位置《いち》する谷根千《やねせん》エリアでは、二十世紀半《にじゅっせいきなか》ばから徐々《じょじょ》に今日《こんにち》のような商店街《しょうてんがい》が形成《けいせい》された。家族経営《かぞくけいえい》の店《みせ》が大半《たいはん》で、日用品《にちようひん》や精緻《せいち》な手作《てづく》りの品《しな》が売《う》られており、価格《かかく》は**リーズナブル**[3]。都市《とし》の虚栄《きょえい》や喧騒《けんそう》はなく、素朴《そぼく》で伝統的《でんとうてき》な趣《おもむき》が残《のこ》っている。文化《ぶんか》の集《あつ》まるこの下町通《したまちどお》りを散策《さんさく》すれば、歴史《れきし》が醸《かも》し出《だ》す人情味《にんじょうみ》と純粋《じゅんすい》な足跡《そくせき》を心《こころ》から感《かん》じられるだろう。

單字

1. **メンチカツ** 名 炸肉餅
2. **メロディー** 名 旋律（英 melody）
3. **リーズナブル** な形 合理的、具有價格優勢的（英 reasonable）

豆知識

番猫《ばんねこ》

看店貓，日本商店會將番貓視為一種吉祥物，像是有些有名的貓咪咖啡廳或商店，會把貓咪當作店內的明星，成為一種文化現象。不但有助於商店的實際需求，還可以吸引顧客，成為店鋪的特色之一，甚至成為顧客的關注焦點。

喚醒感官，品味小巷細節

谷中銀座是處既能大快朵頤，又能激發靈感的地方！街道兩旁飄散著炸肉餅、烤雞串與現做章魚燒的香氣，讓人忍不住停下腳步，細細品嘗這些在地美食的滋味。不僅如此，和風工藝品與簡約風格的雜貨店也吸引路人的視線，那些隱藏在老宅中的咖啡館，更以低調隨興的氛圍，為這條街增添了一抹雅緻的品味。

小巷中的氣味、聲音和畫面將身心每個細節處，都讓感官徹底放鬆！！炸物酥香撲鼻而來，老店家的吆喝聲帶著些許親切感，偶爾響起的風鈴聲輕輕劃過耳畔，讓整條街充滿詩意的韻律。每處細節都在輕聲告訴你：「停下腳步吧～生活就該這麼愜意自在！」

人文薈萃的下町風情

谷中銀座所在的「谷根千」地區，自20世紀中期逐漸演變成今天商店街的雛形。本地商家大多由家族經營，商品價格實惠，主要販售實用的日用品與精緻手作。少了都市的浮華與喧囂，取而代之的是樸實的傳統韻味。散策在這條人文薈萃的下町街道，你會發自內心地去感受到谷中那份悠長歲月裡醞釀出的人情味與淬鍊事蹟。

豆知識

下町《したまち》

「下町」指的是日本都市中的低地區域，通常位於城市的東部或南部，以商業、工業、工人階級為主。

東京下町指的是東京市內東部的傳統區域，通常包括淺草、上野、錦糸町、月島等地。這些地區以濃厚的歷史氛圍、傳統建築、古老商店和熱鬧的街市為特色，是東京的文化和商業中心之一。與東京的現代化西區相比，下町區域更具平民化、樸實的生活感，許多區域保持著老字號商店、手工藝品、傳統美食等文化元素，吸引遊客體驗原汁原味的東京風情。

027

3 十條銀座商店街

東京《とうきょう》北区《きたく》の惣菜天国《そうざいてんごく》

東京都北区《とうきょうときたく》には独特《どくとく》な風格《ふうかく》を備《そな》える商店街《しょうてんがい》がある。渋谷《しぶや》の華《はな》やかさや新宿《しんじゅく》のような高層《こうそう》ビルはないが、**ささやかな**[1]日常《にちじょう》の中《なか》で落《お》ち着《つ》きのある魅力《みりょく》を放《はな》っている。屋根《やね》に覆《おお》われた通《とお》りの両側《りょうがわ》に小《ちい》さな店《みせ》や魅力的《みりょくてき》な雰囲気《ふんいき》を醸《かも》す老舗《しにせ》が並《なら》び、昭和《しょうわ》の記憶《きおく》をこの地《ち》にとどめている。地域共生型《ちいききょうせいがた》の「十条銀座《じゅうじょうぎんざ》商店街《しょうてんがい》」は東京生活《とうきょうせいかつ》の縮図《しゅくず》であり、時代《じだい》の記憶《きおく》と街《まち》の温《ぬく》もりが凝集《ぎょうしゅう》している。JR十条駅北口《じゅうじょうえききたぐち》から徒歩三十秒《とほさんじゅうびょう》で全長《ぜんちょう》わずか五百六十《ごひゃくろくじゅう》メートル。アーケードで覆《おお》われており、漬物《つけもの》や青果《せいか》、菓《か》子《し》、衣料《いりょう》、雑貨《ざっか》など様々《さまざま》な店《みせ》が建《た》ち並《なら》ぶ。地元住民《じもとじゅうみん》も観光客《かんこうきゃく》も天気《てんき》を問《と》わずこの場所《ばしょ》を散策《さんさく》しながら、素朴《そぼく》な街並《まちな》みや近《ちか》しい雰囲気《ふんいき》を味《あじ》わうことができる。

安《やす》くて美味《おい》しい惣菜天国《そうざいてんごく》

十条銀座商店街《じゅうじょうぎんざしょうてんがい》は「惣菜天国《そうざいてんごく》」とも呼《よ》ばれる。惣菜《そうざい》の種類《しゅるい》が豊富《ほうふ》で値段《ねだん》も安《やす》く、多《おお》くの**食通**《しょくつう》[2]が足《あし》を運《はこ》ぶ。一九六一年創業《せんきゅうひゃくろくじゅういちねんそうぎょう》の「鳥大《とりだい》」が店《みせ》で揚《あ》げるチキンボールは一個《いっこ》なんと十円《じゅうえん》。**サクサク**[3]の衣《ころも》と豆腐入《とうふい》りの中身《なかみ》が爽《さわ》やかな味《あじ》わいで**リピーター**[4]が多《おお》い。「惣菜《そうざい》あい菜家《さいか》」はジャンボチキンカツや多様《たよう》な惣菜《そうざい》で有名《ゆうめい》。たった数百円《すうひゃくえん》でお腹《なか》いっぱいになる。

創業五十年以上《そうぎょうごじゅうねんいじょう》の「十条菓子舗《じゅうじょうかしほ》むさしや」は沖縄県波照間産《おきなわけんはてるまさん》の黒糖《こくとう》と北海道《ほっかいどう》

單字

1. ささやかな　な形　一點點的、細微的
2. 食通《しょくつう》　名　美食達人
3. サクサク　副　形容酥脆的聲音
4. リピーター　名　老主顧（英 repeater）

北區的惣菜天國

東京北區，有些自成一格的街道，少了澀谷的流光溢彩和新宿的摩天高樓，卻在日常的細微之中流露出悠然自得的魅力。一側是陳舊廊道遮蔽的小店，另一邊則是老舖飄出的誘人氣息，將昭和的記憶定格在此。作為地區共生型商店街，「十條銀座商店街」是東京生活的縮影，凝聚了時代記憶與市井的溫度。從 JR 十條站北口步出，僅需 30 秒，便可抵達這條全長僅有 560 公尺的商店街。拱廊庇護下店鋪林立，小菜漬物、蔬果、甜點、服飾、雜貨一應俱全。無論晴雨，居民和遊客可隨意漫步，享受質樸街景與鄰里氛圍。

物美價廉的小菜天堂

十條銀座商店街素有「惣菜天國」美譽，琳瑯滿目的熟食種類與親民的價格吸引無數饕客。創業於 1961 年的「鳥大」每日現做雞肉丸子，僅售 10 日圓，酥脆的外皮搭配豆腐點綴的內餡，清爽可口，是回頭客的心頭好。「惣菜 あい菜家」則以超大份量的炸雞排和多樣家常小菜出名，只需幾百日圓，便能飽餐一頓。

超過半世紀歷史的「十条菓子舗 むさしや」，則用沖繩波照間島黑糖與北海道紅豆打造招牌黑糖銅鑼燒，鬆軟的外層包裹著香甜不膩的餡料，入口即化的絕妙口感讓人念念不忘！當你逛累了，可以前往 1947

産《さん》の**小豆**《あずき》[1]を使《つか》った黒糖《こくとう》どら焼《や》きが看《かん》板商品《ばんしょうひん》。生地《きじ》はふんわり、**あんこ**[2]は上品《じょうひん》な甘《あま》さで、口《くち》に入《い》れると溶《と》けるような食感《しょっかん》が癖《くせ》になる。歩《ある》き疲《つか》れたら、一九四七年《せんきゅうひゃくよんじゅうななねん》創業《そうぎょう》の「だるまや餅菓子《もちがし》店《てん》」で休《やす》むといいだろう。無添加《むてんか》、無《む》農薬《のうやく》の食材《しょくざい》に拘《こだわ》っており、中《なか》でも醤油《しょうゆ》の香《かお》りが濃厚《のうこう》な「生醤油団子《きじょうゆだんご》」は一口《ひとくち》ごとに驚《おどろ》きの味《あじ》わいで、一度《いちど》食《た》べたら常連《じょうれん》になる。

十条銀座商店街《じゅうじょうぎんざしょうてんがい》では全体《ぜんたい》に揚《あ》げ物《もの》の香《かお》りが漂《ただよ》っている。黄金色《こがねいろ》のさくさくコロッケ、外《そと》**カリカリ**[3]中《なか》**フンワリ**[4]のメンチカツ、**ジューシーな**[5]焼売《しゅうまい》、「蒲田屋《かまたや》」の多様《たよう》で独特《どくとく》な味《あじ》のおにぎりなどどれも食指《しょくし》が動《うご》く品《しな》ばかりで、観光客《かんこうきゃく》に一番人気《いちばんにんき》となっている。

百年以上《ひゃくねんいじょう》の歴史《れきし》と記憶《きおく》

十条銀座《じゅうじょうぎんざ》は一九二三年《せんきゅうひゃくにじゅうさんねん》の関東大震災《かんとうだいしんさい》後《ご》、多《おお》くの人《ひと》がこの地《ち》に移《うつ》り住《す》み、徐々《じょじょ》に商店街《しょうてんがい》が形成《けいせい》された。一九七七《せんきゅうひゃくななじゅうなな》年《ねん》にはアーケードが整備《せいび》され、利便性《りべんせい》と快適《かいてき》さが高《たか》まった。昭和時代《しょうわじだい》から営《いとな》んでいる店《みせ》が多《おお》く、世代《せだい》の変遷《へんせん》に立《た》ち会《あ》ってきた。東京《とうきょう》の他《ほか》の繁華街《はんかがい》ほど高《こう》度《ど》には商業化《しょうぎょうか》されていないが、落《お》ち着《つ》きがある。イスや**オムツ**[6]替《か》え台《だい》を設《せっ》置《ち》した休憩所《きゅうけいじょ》もあり、ここで歩《ある》き疲《つか》れた足《あし》を休《やす》めることができる。十条銀座《じゅうじょうぎんざ》はまるで時間《じかん》が止《と》まっているかのようで、単純《たんじゅん》ながら深《ふか》い情緒《じょうちょ》を味《あじ》わうために何度《なんど》も訪《おとず》れたくなる。

單字

1. **小豆**《あずき》 名 紅豆
2. **あんこ** 名 餡料、內餡
3. **カリカリ** 副 脆或硬的東西被咬或壓碎時的聲音
4. **フンワリ** 副 表示某物質地柔軟、輕盈、蓬鬆
5. **ジューシーな** な形 多汁的、充滿水分的 (英 juicy)
6. **オムツ** 名 尿布、紙尿布 (德 Ommtuch)

年創業的「だるまや餅菓子店」稍作歇息，這家老舖堅持使用無添加無農藥的食材，特別是醬香濃郁「生醬油糰子」，每一口都讓人驚艷，一試成主顧。

整條商店街瀰漫著炸物的撲鼻香氣，金黃酥脆的可樂餅、外酥內嫩的炸肉餅、多汁鮮甜的燒賣，以及蒲田屋各種創意口味的飯糰，讓人忍不住想大快朵頤，成為遊客的解饞首選！

百年商圈的時間記憶

十條銀座的起源可追溯至1923 年關東大地震之後，大量居民遷入此地，逐步形成商圈雛形。1977 年增設拱廊後，整條街區更為便利與舒適。街上許多店鋪從昭和時期經營至今，見證了多代人的變遷。與東京其他商圈相比，十條銀座少了幾分商業化的精緻，卻多了一分從容。這裡設有休息處，提供椅子與尿布台等貼心設施，為逛街的人們提供歇腳之地。時間在這裡彷彿被靜止，讓人忍不住想再次回到這條街，感受那簡單卻深刻的情感。

慣用句

「癖《くせ》になる」(變成一種習慣或癖好，上癮)

例句 1：この辛《から》さ、癖《くせ》になる！(這種辣，會讓人上癮！)

例句 2：あのアニメの歌《うた》、聴《き》けば聴《き》くほど癖《くせ》になる。(那首動畫歌曲讓人越聽越上癮。)

豆知識

惣菜《そうざい》

惣菜是日語中指各種家常菜肴或配菜，通常是指非主菜的料理，常見於日本的便當或餐桌上，涵蓋炒菜、燉菜、煮菜等，種類繁多，搭配主食食用。

例句「今日《きょう》は惣菜《そうざい》をいくつか作《つく》りました。」（今天做了幾道家常菜。）

028

4 古川町商店街

東山《ひがしやま》に潜《ひそ》む暮《く》らしの宝庫《ほうこ》

京都《きょうと》で地元住民《じもとじゅうみん》の暮《く》らしを味《あじ》わいたいなら、人混《ひとご》みの観光名所《かんこうめいしょ》ではなく、素朴《そぼく》で魅力的《みりょくてき》な「古川町商店街《ふるかわちょうしょうてんがい》」を訪《おとず》れるといいだろう。平安神宮《へいあんじんぐう》や祇園《ぎおん》から近《ちか》く、全長《ぜんちょう》わずか二百二十《にひゃくにじゅう》メートルの細《ほそ》い通《とお》りに濃厚《のうこう》な京都風情《きょうとふぜい》が漂《ただよ》っている。アーケードに吊《つ》るされた数百個《すうひゃっこ》のカラフルな提灯《ちょうちん》が風《かぜ》に揺《ゆ》れて商店街《しょうてんがい》に幻想的《げんそうてき》な雰囲気《ふんいき》を添《そ》えており、古都《こと》の一味違《ひとあじちが》う美《うつく》しい風景《ふうけい》を撮《と》ろうと多《おお》くの撮影愛好家《さつえいあいこうか》が足《あし》を運《はこ》ぶ。

ランタンの魔法《まほう》で再興《さいこう》、東山《ひがしやま》の象徴《しょうちょう》に

古川町商店街《ふるかわちょうしょうてんがい》は常《つね》に華《はな》やかだったわけではなく、一時《いちじ》は店《みせ》が相次《あいつ》ぎ休業《きゅうぎょう》し廃《すた》れていたが、二〇一八年《にせんじゅうはちねん》の「**ランタン**[1]祭《まつ》り」で甦《よみがえ》った。アーケードに吊《つ》るされた百個以上《ひゃっこいじょう》の提灯《ちょうちん》に明《あ》かりが灯《とも》った瞬間《しゅんかん》に生《う》まれ変《か》わり、人々《ひとびと》の思《おも》いと期待《きたい》に再《ふたた》び火《ひ》が付《つ》いた。この模様《もよう》がSNSで広《ひろ》くシェアされ、徐々《じょじょ》に東山《ひがしやま》を象徴《しょうちょう》する場所《ばしょ》になった。

京《きょう》の東《ひがし》の台所《だいどころ》

古川町商店街《ふるかわちょうしょうてんがい》は「京《きょう》の東《ひがし》の**台所《だいどころ》**[2]」の一《ひと》つとされ、その名《な》に相応《ふさわ》しく京都《きょうと》の食文化《しょくぶんか》を体現《たいげん》している。観光客《かんこうきゃく》に有名《ゆうめい》な「錦市場《にしきいちば》」より**控《ひか》えめ**[3]で伝統的《でんとうてき》な古《ふる》い街《まち》の雰囲気《ふんいき》を漂《ただよ》わせ、日常的《にちじょうてき》な品揃《しなぞろ》えと庶民的《しょみんてき》な価格《かかく》を売《う》りに地元住民《じもとじゅうみん》の買《か》い物《もの》に不可欠《ふかけつ》の場所《ばしょ》となっている。規模《きぼ》は小《ち》さいが、老舗《しにせ》の和風雑貨《わふうざっか》店《てん》や新鮮《しんせん》な青果《せいか》、魚介類《ぎょかいるい》、手作《てづく》り和菓《わが》

單字

1. ランタン 名 燈籠（英 lantern）
2. 台所《だいどころ》ランタン 名 廚房
3. 控《ひか》えめ な形 謙遜、不浮誇、適度的

東山隱藏的生活寶藏

在京都的旅途中，如果想深入感受當地人的日常步調，不妨離開熙攘的觀光景點，走進簡樸而迷人的「古川町商店街」。位於平安神宮、祇園附近，這段僅220公尺長的小徑，卻蘊藏深厚的京味風情。拱形屋頂上數百顆五彩燈籠隨風搖曳，為整條街增添夢幻色彩，也吸引無數攝影愛好者捕捉古都別樣的美景。

燈籠的魔法：從振興到象徵

這條街巷並非一直如此耀眼，過去它也曾經一度沒落，商家陸續歇業，繁華不再。直到2018年，一場「燈籠祭」為這裡注入新生，百顆彩燈掛滿拱廊，燈光點亮的瞬間，小巷彷彿蛻變重生，重新點燃了人們的熱情與期待！透過社群媒體的廣泛分享後，這片街區逐漸成為東山的象徵性地標。

京之東的廚房

被譽為「京之東的廚房」之一的古川町商店街，恰如其分地展現了京都的飲食文化。與觀光客熟知的「錦市場」相比，小巷更顯低調，憑藉傳統老城氛圍、實用商品與親民價格，成為居民不可或缺的採購據點。雖然規模不大，卻囊括多元的店鋪，從老字號日式雜貨店，到新鮮蔬果、現撈漁貨、手作和菓子與京丹波豬肉的攤位，一應俱全。此外，街上還有充滿創意的咖啡

子《し》、京丹波《きょうたんば》ポーク[1]の露店《ろてん》など多様《たよう》な店《みせ》が並《なら》ぶ。個性的《こせいてき》なカフェや独特《どくとく》な居《い》酒屋《ざかや》もある。小《ちい》さな飲食店《いんしょくてん》で濃厚《のうこう》な醤《しょう》油《ゆ》の香《かお》りを放《はな》つ親子丼《おやこどん》や心《こころ》の温《あたた》まる家《か》庭的《ていてき》な煮物《にもの》などの素朴《そぼく》な料理《りょうり》を堪能《たんのう》すれば、食材本来《しょくざいほんらい》の味《あじ》に対《たい》する京都人《きょうとじん》のこだわりが伝《つた》わってくる。

四季折々《しきおりおり》の祭《まつ》りの美《び》

古川町商店街《ふるかわちょうしょうてんがい》では季節《きせつ》ごとに地元《じもと》の魅《み》力《りょく》を伝《つた》える様々《さまざま》な祭《まつ》りやイベントが催《もよお》される。春《はる》には桜《さくら》が通《とお》りを彩《いろど》り[2]、限《げん》定《てい》スイーツ[3]も販売《はんばい》され、優美《ゆうび》で雅《みやび》な雰囲気《ふんいき》を醸《かも》し出《だ》す。夏《なつ》の夜《よる》には豪華絢《ごうかけん》爛《らん》なランタン祭《まつ》りが通《とお》りを明《あか》るく照《て》らし、露店《ろてん》の掛《か》け声《ごえ》や笑《わら》い声《ごえ》がにぎやかに響《ひび》き渡《わた》る。秋《あき》には感謝祭《かんしゃさい》で旬《しゅん》の美食《びしょく》や特売商品《とくばいしょうひん》が提供《ていきょう》され、豊《ゆた》かさの喜《よろこ》びに包《つつ》まれる。冬《ふゆ》には年末《ねんまつ》の販促《はんそく》セールや新年祈願《しんねんきがん》イベントが催《もよお》され、温《あたた》かな祝賀《しゅくが》ムードと新《あら》たな活気《かっき》が漂《ただよ》う。

京都奥地《きょうとおくち》に潜《ひそ》む秘境《ひきょう》

古川町商店街《ふるかわちょうしょうてんがい》には関西《かんさい》の奥地《おくち》に潜《ひそ》む秘《ひ》境《きょう》さながら、庶民《しょみん》の暮《く》らしと貴重《きちょう》な記《き》憶《おく》が残《のこ》っている。観光客《かんこうきゃく》に迎合《げいごう》した商《しょう》業化《ぎょうか》や大《おお》げさな装飾《そうしょく》はせず、堅実《けんじつ》な風《ふう》格《かく》と落《お》ち着《つ》いたテンポ[4]を保《たも》っている。この場所《ばしょ》を散策《さんさく》すると、食《しょく》の香《かお》りと店《てん》主《しゅ》の心《こころ》からの笑顔《えがお》に形容《けいよう》し難《がた》い安心感《あんしんかん》を覚《おぼ》え、一歩《いっぽ》ごとに近畿《きんき》の古都文化《ことぶんか》と静《しず》かに触《ふ》れ合《あ》っているような気分《きぶん》になる。

單字

1. ポーク 名 豬肉（英 pork）
2. 彩《いろど》り 名 色彩、顏色
3. スイーツ 名 甜點（英 sweets）
4. テンポ 名 節奏、步調（英 tempo）

廳與別具風格的居酒屋。坐在小餐館裡，一碗濃郁醬香的親子丼，或一道暖心的家常煮物，雖然樸實，卻能吃出京都人對食材原味的堅持與尊重。

四季祭典的流轉之美

一年四季，該地以多樣化的慶典和活動，展現地方特色的魅力。春天，櫻花裝點小巷，搭配限定甜點，營造出柔美雅緻的氛圍；夏夜，絢爛的燈籠祭點亮整條街巷，夜市攤位的吆喝聲與笑語聲不絕於耳，熱鬧非凡；秋季，感謝祭帶來當季美食與特惠商品，洋溢豐收的喜悅；冬天，年末促銷和新年祈福活動，為街道增添節慶的溫馨與新年新氣象。

隱匿於京都深處的秘境

這座隱身在關西深處的秘境，保留了市井村民的生活點滴與珍貴記憶。沒有刻意迎合旅客的商業化設計和矯飾裝潢，取而代之的是平實的格調與從容步伐。漫步其間，空氣中飄散著食物香氣與店家發自內心的笑容，讓人感到一種無法言喻的安心感，每一步都彷彿在與近畿古都文化進行無聲的交流。

文法

「～難《がた》い」(難以～、很難～)

動詞ます形去掉「ます」＋難《がた》い～

信《しん》じます → 信《しん》じ難《がた》い（難以置信），忘《わす》れます → 忘《わす》れ難《がた》い（難以忘記）

例句：それは形容《けいよう》し難《がた》い美《うつく》しさだった。(那是難以形容的美麗。)

豆知識

ランタン祭《まつ》り

2018 年秋季於京都市的古川町商店街首次舉辦秋季燈籠節。該活動於商店街內的拱頂上懸掛了大量燈籠，營造出夢幻般的氛圍。還有特別販售、手工市集、音樂表演等豐富活動，由於活動舉辦成功，不僅豐富了當地居民的文化生活，也吸引了大量遊客前來觀光，提升了古川町商店街的知名度，成為該街區例行的祭典。

029

5 JANJAN 横丁

通天閣《つうてんかく》のお膝元《ひざもと》で昭和《しょうわ》を散策《さんさく》

大阪《おおさか》といえば、カラフルなネオンや人《ひと》で混《こ》む通《とお》り、賑《にぎ》やかな街《まち》を想像《そうぞう》する人《ひと》が多《おお》いだろうが、旧大阪《きゅうおおさか》を象徴《しょうちょう》する通天閣《つうてんかく》のお膝元《ひざもと》には「ジャンジャン横丁《よこちょう》」という独特《どくとく》な商店街《しょうてんがい》がある。元々《もともと》は「南陽通商店街《なんようどおりしょうてんがい》」で、今《いま》の呼《よ》び名《な》は客《きゃく》引《ひ》きのために三味線《しゃみせん》や太鼓《たいこ》の音《おと》を「ジャンジャン」と響《ひび》かせていたことに由来《ゆらい》する。そうした音《おと》は今《いま》や過去《かこ》のものだが、通《とお》りの活気《かっき》は今《いま》も健在《けんざい》だ。

レトロな小路《こうじ》でグルメ旅《たび》

足《あし》を踏《ふ》み入《い》れると、揚《あ》げ物《もの》の香《かお》りが断続的《だんぞくてき》に鼻《はな》を突《つ》いてくる。その香《かお》りの先《さき》には昔《むかし》ながらの串揚《くしあ》げ店《てん》。油鍋《あぶらなべ》の傍《そば》で店主《てんしゅ》が客《きゃく》と挨拶《あいさつ》を交《か》わしながら串《くし》に通《とお》した野菜《やさい》や肉《にく》を手際良《てぎわよ》く鍋《なべ》に入《い》れて黄金色《こがねいろ》に揚《あ》げていく。店《みせ》の壁《かべ》には「ソースの二度漬《にどづ》けは禁止《きんし》やで」という目《め》を引《ひ》く微笑《ほほえ》ましい注意書《ちゅういが》き。衛生《えいせい》のためだが、それ以上《いじょう》に大阪人《おおさかじん》の**ユーモア**[1]と**分《わ》かち合《あ》い**[2]の精神《せいしん》を体現《たいげん》している。

さらに進《すす》むと、暖簾《のれん》を掛《か》けた創業五十《そうぎょうごじゅう》年《ねん》以上《いじょう》の小《ち》さな菓子店《かしてん》が現《あらわ》れる。ガラスケースに焼《や》きたての人形焼《にんぎょうやき》が整然《せいぜん》と並《なら》び、濃厚《のうこう》な麦《むぎ》の香《かお》りを放《はな》つ。この店《みせ》では職人《しょくにん》が毎朝《まいあさ》小豆《あずき》あんの詰《つ》まった人形焼《にんぎょうやき》を手《て》作《づく》りしており、手《て》に持《も》つと生地《きじ》の温《ぬく》もりとサクサクが伝《つた》わってくる。一口《ひとくち》食《た》べると甘《あま》いあんこが口《くち》の中《なか》で一気《いっき》に溶《と》け、心《こころ》が**ホッコリ**[3]し、大《だい》満足《まんぞく》の笑顔《えがお》がこぼれる。

單字

1. ユーモア 名 幽默（英 humor）
2. 分《わ》かち合《あ》い 名 分享、分擔
3. ホッコリ 副 溫暖、舒服

通天閣下漫步昭和時光—JANJAN 橫丁

提到大阪，多數人腦海中浮現的是五光十色的霓虹燈、熙攘的街頭和喧鬧急促的城市步調。然而，在象徵「大坂」舊時代脈絡的通天閣下，有條別具風格的商店街—「鏘鏘橫丁」（JANJAN 橫丁）。這條街道原名「南陽商店街」，因早年店鋪以敲奏三味線與太鼓來吸引顧客時，發出「鏘鏘」的聲音而得名。如今，喧天的鼓樂雖已成往事，但巷弄間的生命力依舊旺盛。

懷舊小巷的舌尖漫遊

走進JANJAN 橫丁，空氣中瀰漫陣陣的炸物香氣，循著味道，很容易就找到一間傳統串炸店，老闆站在油鍋旁，熟練地將串好的蔬菜和肉類放入鍋中炸得金黃，還不忘與客人寒暄兩句。店裡牆上掛著醒目的 " 醬汁只能蘸一次 " 標語，讓人莞爾一笑，這一則是宣導衛生習慣，更是大阪人的幽默與分享精神的體現。

再走幾步，迎面而來的是掛著布簾、擁有五十多年歷史的小甜點鋪。透過玻璃櫥窗，剛出爐的人形燒整齊排列，散發出馥郁的麥香味。每日清晨，店內師傅親手製作內餡飽滿的紅豆人形燒，剛上手的那一刻，溫熱餅皮帶著酥脆觸感，輕咬一口，香甜豆餡立刻融化於唇齒間，也暖進心中，讓人不禁露出滿足的微笑。

夜《よる》のほろ酔《よ》いと家庭《かてい》の味《あじ》わい

夜《よる》の帳《とばり》が下《お》りるとジャンジャン横丁《よこちょう》は明《あか》るく灯《とも》り、人声《ひとごえ》が沸《わ》き立《た》つ。和風居《わふうい》酒屋《ざかや》では爽《さわ》やかな笑《わら》い声《ごえ》と日本酒《にほんしゅ》のグラスを合《あ》わせる音《おと》があちこちで響《ひび》き、賑《にぎ》やかな雰囲気《ふんいき》が最高潮《さいこうちょう》に達《たっ》する。地《じ》元住民《もとじゅうみん》が**カウンター**[1]を取《と》り囲《かこ》むように腰掛《こしか》け、独特《どくとく》の大阪弁《おおさかべん》で談笑《だんしょう》している。看板料理《かんばんりょうり》のお好《この》み焼《や》きと**冷《ひ》えた**[2]ビールを注文《ちゅうもん》し、店主《てんしゅ》の親《した》しげな挨拶《あいさつ》に耳《みみ》を澄《す》ませていると、馴染《なじ》み客《きゃく》も初《はつ》来店《らいてん》の観光客《かんこうきゃく》も家庭的《かていてき》な温《ぬく》もりと帰属《きぞく》感《かん》が感《かん》じられる。

横丁《よこちょう》の庶民風情《しょみんふぜい》

華《はな》やかな「心斎橋筋商店街《しんさいばしすじしょうてんがい》」に比《くら》べると、ジャンジャン横丁《よこちょう》は客引《きゃくひ》きの声《こえ》がなく、代《か》わりに店主《てんしゅ》と常連客《じょうれんきゃく》のささやかな挨拶声《あいさつごえ》が聞《き》こえる。小《ちい》さな店《みせ》が軒《のき》を連《つら》ねるこの小路《こうじ》では、どの庶民料理《しょみんりょうり》にも地元民《じもとみん》の知恵《ちえ》と情緒《じょうちょ》が込《こ》められており、価格《かかく》も庶民的《しょみんてき》だ。賑《にぎ》やかな「道《どう》頓堀《とんぼり》」に比《くら》べ、ここには落《お》ち着《つ》いたリズムがあり、観光的《かんこうてき》な浮《うわ》ついた華《はな》やかさがない分《ぶん》、心《こころ》に響《ひび》く優《やさ》しさと純粋《じゅんすい》さがある。

ここに足《あし》を踏《ふ》み入《い》れた瞬間《しゅんかん》、高層《こうそう》ビルや速《はや》いリズムに囲《かこ》まれた生活《せいかつ》は遠《とお》のく。まるで現代《げんだい》に潜《ひそ》む時空《じくう》**トンネル**[3]さながら、最《もっと》も素朴《そぼく》な大阪《おおさか》の温《ぬく》もりをひっそりと漂《ただよ》わせている。今度日本《こんどにほん》の関西《かんさい》を訪《おとず》れる際《さい》は、ここを散策《さんさく》するといいだろう。あなただけの昭和《しょうわ》の物語《ものがたり》に出会《であ》えるかもしれない。

單字

1. カウンター 名 櫃台（英 counter）
2. 冷《ひ》える 動 冷、降溫
3. トンネル 名 隧道（英 tunnel）

夜色微醺，家的滋味

夜幕降臨，JANJAN 巷子裡燈火通明，人聲鼎沸。日式居酒屋內，爽朗的笑聲與清酒碰杯聲此起彼落，熱鬧氛圍達到高潮。當地居民圍坐在吧檯，操著獨特的大阪腔聊著趣聞逸事。點上一份招牌大阪燒，配上一杯冰涼啤酒，再聽著店主人熱情的招呼，無論你是熟客還是初來乍到的旅人，都能感受到家的溫暖與歸屬感。

JANJAN 的庶民風情

相比繁華的「心齋橋筋商店街」，這裡少了招攬聲，取而代之的是店家與老主顧之間的輕聲問候；小而集中的店鋪排列在胡同之間，每道街頭小吃都承載著當地人的智慧與情感，價格親民且實在。與喧鬧的「道頓堀」相比，此處的步調更顯從容，少了些觀光的浮華，多了一份貼近人心的友善與純粹。

踏足小巷，高樓與快節奏的生活似乎瞬間被拋諸腦後。JANJAN 横丁宛如一條藏於現代中的時光隧道，靜靜流露出最樸實的大阪溫度。下次來日本關西，不妨抽點時間到這條商店街走走，說不定會遇見屬於你自己的昭和故事。

文法

「～ながら～」（表示「一邊～一邊～」的意思）

用來描述同時進行兩個動作，兩個動作是同時發生的，動作之間通常沒有直接的因果關係。

動詞的「ます形」去掉「ます」後＋ながら＋動詞

例句：1. 音楽《おんがく》を聴《き》きながら勉強《べんきょう》する。（一邊聽音樂一邊學習。）

2. テレビを見《み》ながら食事《しょくじ》をする。（一邊看電視一邊吃飯。）

文法

「～さながら」（宛如～一般）

名詞＋さながら（の）～

幾乎就像～那樣。帶有比喻、修辭效果，語感優雅、稍微正式或文學風。

例句：この景色《けしき》は絵画《かいが》さながらだ。（這裡的風景宛如一幅畫。）

030

6 一番町商店街

仙台《せんだい》城下町《じょうかまち》がモダンな商業地《しょうぎょうち》に

JR仙台駅周辺《せんだいえきしゅうへん》の「仙台商店街《せんだいしょうてんがい》」は、一番町商店街《いちばんちょうしょうてんがい》、中央通《ちゅうおうどお》り商店街《しょうてんがい》、クリスロードなど、複数《ふくすう》の商店街《しょうてんがい》が広範囲《こうはんい》に密集《みっしゅう》し、市《し》の中心《ちゅうしん》に一《ひと》つの商業《しょうぎょう》**ネットワーク** [1] を形成《けいせい》している。百貨店《ひゃっかてん》、高級《こうきゅう》ブランド店《てん》、ドラッグストア、手《しゅ》工芸品店《こうげいひんてん》など、どの通《とお》りもそれぞれ独《どく》自《じ》の雰囲気《ふんいき》を醸《かも》し出《だ》している。中《なか》でも最《もっと》も代表的《だいひょうてき》なのが一番町商店街《いちばんちょうしょうてんがい》だ。

一番町商店街《いちばんちょうしょうてんがい》の歴史《れきし》は江戸時代《えどじだい》まで**遡《さかのぼ》る** [2]。かつては仙台城《せんだいじょう》の城下町《じょうかまち》の中心《ちゅうしん》で、戦後《せんご》の再建《さいけん》、近代化《きんだいか》をへて新《あたら》しく生《う》まれ変《か》わった。今《いま》は全長約七百《ぜんちょうやくななひゃく》メートルのアーケード街《がい》として知《し》られ、天《てん》候《こう》に関《かか》わらず買《か》い物《もの》ができるこの地《ち》の玄関口《げんかんぐち》となり、外国人観光客《がいこくじんかんこうきゃく》が仙台《せんだい》で最初《さいしょ》に訪《おとず》れるランドマークにもなっている。

仙台七夕《せんだいたなばた》まつりの中心舞台《ちゅうしんぶたい》

四百年以上《よんひゃくねんいじょう》の歴史《れきし》がある日本三大七夕《にほんさんだいたなばた》祭《まつ》りの一《ひと》つ「仙台七夕《せんだいたなばた》まつり」が開催《かいさい》される八月六《はちがつむい》から八日《ようか》の三日間《みっかかん》、一番《いちばん》町商店街《ちょうしょうてんがい》は祭《まつ》りの中心舞台《ちゅうしんぶたい》となる。地《じ》元住民《もとじゅうみん》や店主《てんしゅ》の手《て》による色鮮《いろあざ》やかで見《み》事《ごと》な作《つく》りの竹飾《たけかざ》りが吊《つ》るされ、風《かぜ》に揺《ゆ》れながら祝福《しゅくふく》の思《おも》いを伝《つた》える。夜《よる》にはライトアップし、観光客《かんこうきゃく》らが人混《ひとご》みの中《なか》で伊達政宗《だてまさむね》などに扮《ふん》した伊達武将隊《だてぶしょうたい》を鑑賞《かんしょう》したり、熱々《あつあつ》の仙台牛《せんだいぎゅう》タン串《ぐし》や甘《あま》い笹団子《ささだんご》を味《あじ》わったりする。美食《びしょく》の香《かお》りと**出《だ》し物《もの》** [3] の音楽《おんがく》が合《あ》わさって趣《おもむき》を増《ま》し、商店街全体《しょうてんがいぜんたい》が祝賀《しゅくが》ムードに包《つつ》まれる。

單字

1. ネットワーク 名 網絡、系統 (英 network)
2. 遡《さかのぼ》る 動 追溯、回溯
3. 出《だ》し物《もの》 名 表演、節目、演出或展品

仙台城下町到現代購物地標的蛻變

JR 仙台車站周邊的「仙台商店街」由多條街區串聯而成，包括一番町商店街、中央通商店街與CLIS ROAD 等，星羅棋布般分布於市中心，共同構築出一個購物網絡。從百貨公司、精品店到藥妝店與手工藝品店，每條街自成一派，彰顯獨特風格。其中最具代表性的就屬「一番町商店街」。

這條長廊起源於江戶時代，曾是仙台城下的核心，歷經戰後重建與現代化改造後煥然一新。如今，以約700公尺長的拱廊設計聞名，全天候遮風避雨的購物環境，成為這帶的門面，更是海外旅客造訪仙台時的首選地標。

仙台七夕祭的中心舞台

每年8月6日至8日舉行的「仙台七夕祭」，是日本三大七夕祭之一，超過400年歷史。而在這三天，一番町商店街會搖身一變成為祭典的中心舞台，街道上懸掛著居民與商家親手製作的竹飾，色彩鮮豔、工藝精湛，隨風搖曳間傳遞著祝福。夜晚燈光亮起，遊客們在人群中穿梭，欣賞裝扮成伊達政宗等人的「伊達武將隊」等，品嚐熱騰騰的仙台牛舌串與香甜的竹葉糰子，美食香氣與表演樂聲相映成趣，使整個街區都沉浸在歡樂的節日氛圍中。

除了七夕祭外，這裡一年四季活動豐富。冬季的光之頁章燈飾璀璨迷人；春天的櫻花祭浪漫醉人；夏季美食節把市集的活力填滿；秋季豐收祭則以當地農產品與地道

この地《ち》では四季折々《しきおりおり》に他《ほか》のイベントも催《もよお》される。冬《ふゆ》の「光《ひかり》の**ページェント**[1]」ではイルミネーションが光《ひか》り輝《かがや》き、春《はる》の桜祭《さくらまつ》りではうっとりするようなロマンに溢《あふ》れる。夏《なつ》のグルメ祭《さい》では市場《いちば》の活気《かっき》に満《み》ち、秋《あき》の収穫祭《しゅうかくさい》では地元《じもと》の農産物《のうさんぶつ》や本場料理《ほんばりょうり》が豊《ゆた》かさの美《び》を演出《えんしゅつ》する。一番町商店街《いちばんちょうしょうてんがい》では伝統文化《でんとうぶんか》とモダンが融合《ゆうごう》し、年中活気《ねんじゅうかっき》に**漲《みなぎ》って**[2]いる。

地元《じもと》のエッセンスと文化《ぶんか》の魅力《みりょく》が集《あつ》まる街《まち》

仙台《せんだい》の暮《く》らしと商業《しょうぎょう》の中心《ちゅうしん》であるこの地《ち》には様々《さまざま》な店《みせ》が集《あつ》まるが、最《もっと》も魅力《みりょく》的《てき》なのは地元色《じもとしょく》あふれる店《みせ》だ。仙台漆器《せんだいしっき》を扱《あつか》う老舗《しにせ》では伝統工芸《でんとうこうげい》の精髄《せいずい》を垣間見《かいまみ》ることができる。伊達政宗《だてまさむね》グッズの店《みせ》では、この街《まち》の歴史物語《れきしものがたり》が伝《つた》わってくる。歩《ある》き疲《つか》れたらカフェで抹茶《まっちゃ》ラテと手作《てづく》りの和菓子《わがし》を堪能《たんのう》しよう。苦《にが》さと甘《あま》さのハーモニーが一瞬《いっしゅん》で心《こころ》を安《やす》らげてくれる。

ドラッグストアも大人気《だいにんき》だ。地元住民《じもとじゅうみん》や観光客《かんこうきゃく》のニーズに応《こた》える多種多様《たしゅたよう》な美容品《びようひん》や日用品《にちようひん》を揃《そろ》えている。夜《よる》の帳《とばり》が下《お》りると、居酒屋《いざかや》やバーの温《ぬく》もりがある黄色《きいろ》い灯《とも》りが通《とお》りを照《て》らす。木《き》の扉《とびら》を開《あ》けると、炭火《すみび》の香《かお》りが飛《と》び込《こ》んでくる。本場《ほんば》の串焼《くしや》きと仙台《せんだい》の地酒《じざけ》を注文《ちゅうもん》し、各地《かくち》から来《き》た他《ほか》の客《きゃく》とグラスを合《あ》わせて談笑《だんしょう》すれば、**ディープな**[3]仙台文化《せんだいぶんか》の旅《たび》の締《し》めは完璧《かんぺき》だ。

單字

1. ページェント 名 表示盛大的慶典或遊行 (英 pageant)
2. 漲《みなぎ》る 動 湧現、充滿、澎湃
3. ディープな な形 深刻的、深入的 (英 deep)

料理展現豐饒之美。一番町商店街在傳統文化與現代商業的融合中，全年都洋溢著蓬勃朝氣。

匯聚地域精髓與人文魅力的購物街

作為仙台市的生活與商業樞紐，此地薈萃了各式店鋪，其中最吸引人的莫過於那些充滿地域特徵與價值的商家。經營仙台漆器的老字號店鋪，讓人得以一窺傳統工藝的精髓；販售伊達政宗紀念品的小店，則讓觀光客能感受這座城市的歷史故事。逛累了，還能進入家咖啡館品嘗特色抹茶拿鐵，配上手工製作的和果子，甜苦交錯的滋味令人瞬間放鬆。

此外，藥妝店人氣居高不下，琳瑯滿目的美容產品與日常用品，總能滿足旅人與鄉民們的各種需求。夜幕降臨後，居酒屋與小酒館的暖黃燈光映照街道，推開木門，炭火的香氣撲面而來。點上一份道地的串燒，搭配仙台特有的地酒，與來自四面八方的顧客碰杯暢談，在輕快的笑聲中，為這深度的仙台人文之旅畫下圓滿的句點。

文法

「～たり～たりする」（有時候做～，有時候做～）

「～たり～たりする」用來表示列舉一些動作或狀態，強調動作或狀態的多樣性。

動詞的「たり」形式＋動詞的「たり」形式＋する

例句：「週末《しゅうまつ》は映画《えいが》を見《み》たり、買《か》い物《もの》をしたりする。」
（週末我會看電影，有時候會去買東西。）

豆知識

仙台七夕《せんだいたなばた》まつり

仙台七夕祭是每年 8 月於仙台舉行的日本祭典，慶祝七夕節。活動特色包括色彩繽紛的街頭裝飾、傳統文化表演、市集和燈光秀。活動營造出濃厚的節日氛圍，吸引日本當地及海外遊客參與。是日本三大祭典之一。另外兩大祭典為京都祇園祭及大阪天神祭。

031

7 秋田川反商店街

古《ふる》き秋田《あきた》のエッセンス

秋田県秋田市《あきたけんあきたし》の川反商店街《かわばたしょうてんがい》は秋田港《あきたこう》の近《ちか》く、旭川《あさひかわ》沿《ぞ》いに位置《いち》し、古《ふる》くから「川反千家《かわばたせんけ》」の繁華街《はんかがい》として知《し》られる。川《かわ》を挟《はさ》んで武士《ぶし》の街《まち》とは反対側《はんたいがわ》にこの街《まち》が作《つく》られたことから、「川《かわ》の反対《はんたい》側《がわ》」を意味《いみ》する「川反《かわばた》」と呼《よ》ばれるようになったらしい。この商店街《しょうてんがい》の歴史《れきし》は江戸時代《えどじだい》まで遡《さかのぼ》り、当時《とうじ》は商店《しょうてん》が林《りん》立《りつ》する商《あきな》いの盛《さか》んな商業《しょうぎょう》、物流《ぶつりゅう》の中心《ちゅうしん》地《ち》だった。

この地《ち》は文人《ぶんじん》が集《あつ》まり、芸者《げいしゃ》の演舞《えんぶ》や茶屋商売《ちゃやしょうばい》で栄《さか》えた「花街文化《はなまちぶんか》」で有名《ゆうめい》だ。時代《じだい》の変遷《へんせん》に伴《ともな》い、古《ふる》い建物《たてもの》と近《きん》代商業《だいしょうぎょう》の要素《ようそ》が融合《ゆうごう》し、多様《たよう》な姿《すがた》を見《み》せているが、過去《かこ》の面影《おもかげ》をはっきりと残《のこ》している。古《ふる》い建物《たてもの》の彫刻《ちょうこく》から街角《まちかど》の小《ちい》さな茶屋《ちゃや》まで、どれも往時《おうじ》の賑《にぎわ》いと濃厚《のうこう》な文化《ぶんか》の余韻《よいん》が感《かん》じられる。

レトロとモダンが融合《ゆうごう》した街並《まちな》み

通《とお》りの両側《りょうがわ》は背《せ》の低《ひく》い木造建築《もくぞうけんちく》が多《おお》い。手描《てが》き風《ふう》の古《ふる》い看板《かんばん》や灯籠看板《とうろうかんばん》もあり、一部《いちぶ》の外壁《がいへき》には昭和《しょうわ》の美《うつく》しい設《せっ》計《けい》が残《のこ》っている。修繕《しゅうぜん》された店舗《てんぽ》もあるが、**絶妙《ぜつみょう》に**[1]見《み》た目《め》の違和感《いわかん》はない。ここを散策《さんさく》すると、喫茶店《きっさてん》から**漏《も》れ出《で》る**[2]軽音楽《けいおんがく》と店主《てんしゅ》が地元《じもと》の方言《ほうげん》で客《きゃく》を接待《せったい》する声《こえ》が時折《ときおり》聞《き》こえてきて、近隣《きんりん》住民同士《じゅうみんどうし》の挨拶《あいさつ》がさらに温《ぬく》もりを感《かん》じさせる。人通《ひとどお》りは多《おお》いが、喧騒《けんそう》はなく、落《お》ち着《つ》きのあるのどかな雰囲気《ふんいき》の中《なか》にも活気《かっき》を漂《ただよ》わせている。

單字

1. 絶妙《ぜつみょう》 な形 極其精妙、巧妙、完美
2. 漏《も》れ出《で》る 動 漏出、洩漏

秋田的舊城精華

秋田縣秋田市的川反商店街，沿旭川而建，毗鄰秋田港，自古以「川反千家」的繁華聞名。據傳，早期規劃城市時，這片區域位於河流另一側，與武士階層的城鎮核心隔離，因此得名「川反」，意為「河的另一邊」。商店街的歷史可追溯至江戶時期，當時是秋田商業與物流的中心，商人雲集、商鋪林立，交易熱絡。

這裡因「花街文化」著稱，既是文人雅士的聚會場所，也曾因藝妓表演與茶屋經濟而輝煌一時。在時代變革中，此地融入了老式建築與現代商業元素，展現多樣化的生活樣貌，但過往的印記仍清晰可見，從老建築的雕刻細節到街角的小茶屋，都能觸摸到昔日熱鬧興盛的餘韻與深厚的文化底蘊。

復古與當代融合的街區景觀

街道兩旁多為低矮的木造建築，偶爾能看見手繪風的老式看板與燈籠招牌，部分外牆也仍保留著昭和時代的設計美學。即便有些店鋪經過修繕，但也巧妙地在視覺上也不違和。漫步其間，耳邊不時傳來某家咖啡館裡飄出的輕音樂，或是聽見店家老闆正用當地方言招呼著客人，鄰里間的問候讓人倍感溫馨。縱使街區內人潮熙攘，整體氛圍卻不顯喧鬧，流淌著悠閒從容的節奏，但也失鮮活氣息。

秋田《あきた》清酒《せいしゅ》の匠《たくみ》の心《こころ》と細《こま》やかな余韻《よいん》

秋田《あきた》は日本酒《にほんしゅ》の故郷《こきょう》であり、歴史《れきし》ある商店街《しょうてんがい》の居酒屋《いざかや》では地元醸造《じもとじょうぞう》の日本酒《にほんしゅ》の良《よ》さが最大限《さいだいげん》に引《ひ》き出《だ》されている。**畳席**《たたみせき》[1]のあるレトロな居酒屋《いざかや》では、きめ細《こま》やかな**口当**《くちあ》**たり**[2]とコクのある純米酒《じゅんまいしゅ》や重層感《じゅうそうかん》のある大吟醸《だいぎんじょう》が提供《ていきょう》されており、秋田《あきた》の土地《とち》の恵《めぐ》みと職人《しょくにん》の技《わざ》がどの一杯《いっぱい》にも詰《つ》まっている。一緒《いっしょ》に稲庭《いなにわ》うどん、炉端焼《ろばたや》き、比内地鶏《ひないじどり》などの地元料理《じもとりょうり》を堪能《たんのう》すれば、日本酒《にほんしゅ》の風味《ふうみ》が舌《した》の上《うえ》で広《ひろ》がり、料理《りょうり》の味《あじ》わいと相《あい》まって余韻《よいん》がいつまでも残《のこ》る。

モダンな雰囲気《ふんいき》を漂《ただよ》わせる前衛的《ぜんえいてき》なバーでは、オリジナルの清酒《せいしゅ》**カクテル**[3]が若者《わかもの》の人気《にんき》を呼《よ》んでいる。清酒《せいしゅ》の香《かお》りを完全《かんぜん》に残《のこ》し、様々《さまざま》な味《あじ》わいを現代《げんだい》の調合技術《ちょうごうぎじゅつ》で生《い》かした一品《いっぴん》で、新《あら》たな形《かたち》で伝統《でんとう》を表現《ひょうげん》したものとしてこの商店街《しょうてんがい》の目玉《めだま》の一《ひと》つになっている。灯《あか》りでほろ酔《よ》う街《まち》に響《ひび》き渡《わた》るグラスを合《あ》わせる心地良《ここちよ》い音《おと》と笑《わら》い声《ごえ》。賑《にぎ》やかな夜《よる》の一時《ひととき》に、思《おも》わず深《ふか》く酔《よ》ってしまう。

映画《えいが》ロケ地《ち》の文化《ぶんか》の輝《かがや》き

独特《どくとく》なレトロ建築《けんちく》と自然《しぜん》の風景《ふうけい》が特徴《とくちょう》の川反商店街《かわばたしょうてんがい》は、映画《えいが》「デイアンドナイト」や韓国《かんこく》ドラマ「アイリス」など様々《さまざま》な映像作品《えいぞうさくひん》の**ロケ**[4]地《ち》になった。映像《えいぞう》を通《つう》じてこの商店街《しょうてんがい》のエッセンスと文化《ぶんか》が**クローズアップ**[5]され、人々《ひとびと》の過去《かこ》の記憶《きおく》を呼《よ》び起《お》こした。また、川反《かわばた》は各地《かくち》に名《な》を馳《は》せ、映画《えいが》ファンらが相次《あいつ》ぎ訪《おとず》れるようになった。読者《どくしゃ》も銀幕《ぎんまく》に映《うつ》った川反商店街《かわばたしょうてんがい》の場所《ばしょ》を巡《めぐ》り、秋田《あきた》の魅力《みりょく》を感《かん》じてみてはいかが？

單字

1. **畳席**《たたみせき》 名 鋪有榻榻米的座位
2. **口当**《くちあ》**たり** 名 口感
3. **カクテル** 名 雞尾酒（英 cocktail）
4. **ロケ** 名 拍攝地點（英 location）
5. **クローズアップ** 名 特寫（英 close-up）

秋田清酒的匠心與細膩韻味

作為秋田清酒的故鄉，秋田老街的居酒屋將當地釀造的清酒發揮得淋漓盡致！鋪設榻榻米座席的懷舊居酒屋，提供從細膩芳醇的純米酒到層次豐富的大吟釀，每杯清酒都飽含秋田土地的恩賜與匠人的技藝。搭配稻庭烏龍麵、爐端燒、比內地雞等地方料理，清酒的風味在舌尖綻放，與料理的口感相得益彰，令人回味無窮。

散發摩登氣息的前衛酒吧，以創意清酒雞尾酒吸引年輕族群，完美保留清酒的香韻，並結合當代調酒技法與各種滋味，讓這份傳統以創新形式重現，成為老街另一道亮眼風景。燈光微醺的街道上，清酒杯輕碰的悅耳聲響與笑語此起彼伏，夜夜笙歌的場景，不禁令人沉醉。

影視拍攝地的文化風采

此地憑藉獨具一格的復古建築與自然街景，成為許多影視作品的取景地，包括電影《Day and Night》和韓劇《IRIS》等。透過鏡頭的呈現，街區的精髓與文化內涵被放大，喚起人們對舊時代的追憶。這些作品讓川反遠播各地，影迷紛紛前來探索。如果你也想親自感受這風采，何不親自來川反商店街，走一遍曾經出現在銀幕上的場景，感受秋田的魅力呢？

文法

「～と相《あい》まって」（和～互相影響）

表示兩個要素共同作用，引起某種結果，多用於書面語，是較為正式的表達方式。

例句：緊張《きんちょう》と疲《つか》れと相《あい》まって、眠《ねむ》れなかった。（緊張加上疲勞使我難以入睡。）

文法

「～ようになる」（變得能夠～，變化～狀態）

用來描述某個過程或變化，表示某種情況的開始、習慣的養成、或能力的提高。

動詞的基本形（辭書形） + ようになる。

例句：「日本語《にほんご》がだんだん話《はな》せるようになった。」（我漸漸變得能夠說日語了。）

032

8 昭和之町商店街

『ナミヤ雑貨店《ざっかてん》』の奇跡《きせき》の通《とお》り

現代都市《げんだいとし》の忙《せわ》しさと冷《つめ》たさを離《はな》れ、大分県豊後高田市《おおいたけんぶんごたかだし》の「昭和《しょうわ》の町商店街《まちしょうてんがい》」に来《く》ると、過去《かこ》への扉《とびら》を開《ひら》いた感覚《かんかく》になる。全長約五百五十《ぜんちょうやくごひゃくごじゅう》メートルのこの地《ち》では過去《かこ》の思《おも》い出《で》が固定《こてい》されている。両側《りょうがわ》には年月《ねんげつ》の足跡《そくせき》を刻《きざ》んだ小《ちい》さな店《みせ》や**まだら**[1]模様《もよう》のレトロな看板《かんばん》が建《た》ち並《なら》び、どの光景《こうけい》も心《こころ》の底《そこ》に潜《ひそ》む幼少期《ようしょうき》の記憶《きおく》を喚起《かんき》する。

旧商業地《きゅうしょうぎょうち》として**廃《すた》れて**[2]いたが、地元《じもと》当局《とうきょく》が昭和《しょうわ》をモチーフに昔懐《むかしなつ》かしい観光《かんこう》スポットに甦《よみがえ》らせた。木《き》の電信柱《でんしんばしら》や**ペンキ**[3]の剥《は》がれた郵便《ゆうびん》**ポスト**[4]。旧式《きゅうしき》の公衆電話《こうしゅうでんわ》が返電《へんでん》を待《ま》つように佇《たたず》んでいる。店《みせ》の表《おもて》の小《ちい》さな置物《おきもの》や手織《てお》り物《もの》に午後《ごご》の光《ひかり》が降《ふ》り注《そそ》ぎ、柔和《にゅうわ》な光沢《こうたく》を放《はな》つ。あらゆる細部《さいぶ》が往時《おうじ》を物語《ものがた》っている。

『ナミヤ雑貨店《ざっかてん》の奇蹟《きせき》』のロケ地《ち》

昭和《しょうわ》の町商店街《まちしょうてんがい》は映画《えいが》『ナミヤ雑貨店《ざっかてん》の奇蹟《きせき》』のロケ地《ち》として名《な》を馳《は》せた。東野圭吾《ひがしのけいご》の同名小説《どうめいしょうせつ》を**リメーク**[5]したこの映画《えいが》は、不思議《ふしぎ》な雑貨店《ざっかてん》が手紙《てがみ》で悩《なや》みの相談《そうだん》に乗り、人々《ひとびと》の人生《じんせい》を変《か》える物語《ものがたり》。映画《えいが》に登場《とうじょう》する雑貨店前《ざっかてんまえ》の通《とお》りや街並《まちな》みはここで撮影《さつえい》された。

映画《えいが》ファンが物語《ものがたり》の世界《せかい》を深《ふか》く感《かん》じられるよう、撮影地点《さつえいちてん》を示《しめ》した展示《てんじ》ボードが設置《せっち》されている。馴染《なじ》み深《ぶか》い**シーン**[6]の場所《ばしょ》に佇《たたず》めば、映画《えいが》の奇跡《きせき》を再

單字

1. まだら 名 斑點、斑駁
2. 廃《すた》れる 動 衰退、過時
3. ペンキ 名 油漆 (英 paint)
4. ポスト 名 郵筒、信箱 (英 post)
5. リメーク 名 重製、翻拍 (英 remake)
6. シーン 名 場景 (英 scene)

走進《解憂雜貨店》的奇蹟街道

穿過現代都市的繁忙與冷漠，來到大分縣豐後高田市的「昭和之町商店街」，就像推開一扇通往過去的門。這條全長約550公尺的街道，將時間回憶定格在眼前。兩旁是滿載歲月痕跡的小店鋪和斑駁的復古廣告招牌，每個景象都牽引出埋藏心底的童年片段。

為了讓沒落的舊商業區重獲生機，當地政府以昭和時代為藍圖，悉心將這裡打造成懷舊旅遊景點。街道上矗立著木製電線桿、油漆稍微剝落的紅色郵筒，還有老式電話亭像是等待回電般靜靜佇立著。午後陽光撒在店面門口的小擺件和手織品上，泛著柔和的光澤，種種藏於生活中的微小細節，都在訴說一段段往事。

電影《解憂雜貨店》的外景拍攝地

昭和之町商店街因成為電影《解憂雜貨店》的拍攝地而聲名大噪。這部改編自東野圭吾同名小說的電影，講述一間神祕雜貨店用字條來解答煩惱，改變人生的故事。電影中雜貨店門前的巷弄與街景，正是取自這條街區。

為了讓影迷更深入感知電影情境，商店街設置了展示牆並標示出劇中拍攝地點。站在熟悉的場景前，遊客除了重溫電影的奇蹟，還能體會街角那份舊時風情與寂靜感，彷彿街上的每扇木門背後，都隱藏著未解的祕密。

度《ど》味《あじ》わい、過去《かこ》の風情《ふぜい》と静寂《せいじゃく》も感《かん》じられる。まるで全《すべ》ての木《き》の扉《とびら》の向《む》こう側《がわ》に未《み》解決《かいけつ》の秘密《ひみつ》が潜《ひそ》んでいるかのようだ。

懐《なつ》かしい味《あじ》と幼少期《ようしょうき》の遊《あそ》び

ここでは往時《おうじ》の温《ぬく》もりと日々《ひび》の記憶《きおく》が漂《ただよ》い、心《こころ》が暖《あたた》かさに包《つつ》まれる。街角《まちかど》からは焼煎餅《やきせんべい》の米《こめ》と醤油《しょうゆ》の香《かお》りが伝《つた》わってきて、つい足《あし》が止《と》まる。さらに進《すす》むと、昔《むかし》ながらの飴屋《あめや》があり、ガラス瓶《びん》の中《なか》のカラフルな飴《あめ》と砂糖漬《さとうづ》けの梅《うめ》が日光《にっこう》を浴《あ》びて甘《あま》い香《かお》りを放《はな》っている。近《ちか》くの店《みせ》からは別《べつ》の魅惑的《みわくてき》な匂《にお》いが漂《ただよ》ってくる。笑顔《えがお》の店主《てんしゅ》から受《う》け取《と》る焼《や》きたての昭和《しょうわ》カレー焼《や》きは生地《きじ》はサクサク、中身《なかみ》は濃厚《のうこう》で、長《なが》く余韻《よいん》が続《つづ》く。

楽《たの》しさたっぷりの体験《たいけん》もできる。古《ふる》い趣《おもむき》の着物《きもの》や学生服《がくせいふく》の試着《しちゃく》コーナーは写《しゃ》真《しん》スポットになっている。**射的《しゃてき》**[1]の屋《や》台《たい》からは「パンパンパン！」という音《おと》が響《ひび》き、大人《おとな》も子供《こども》も足《あし》を止《と》める。**金《きん》魚《ぎょ》すくい**[2]の池《いけ》の傍《そば》では、成功《せいこう》した子《こ》供《ども》たちが達成感《たっせいかん》を味《あじ》わっている。

昔懐《むかしなつ》かしい味《あじ》わいと時代《じだい》の縮図《しゅくず》

ここは日本《にほん》の九州《きゅうしゅう》で昔懐《むかしなつ》かしい味《あじ》わいを体験《たいけん》でき、『ナミヤ雑貨店《ざっかてん》の奇蹟《きせき》』の記憶《きおく》が残《のこ》る場所《ばしょ》でもある。ここを散《さん》策《さく》すると、過去《かこ》の息吹《いぶき》だけでなく、現《げん》在《ざい》とのつながりも感《かん》じられる。日本《にほん》の昭和文化《しょうわぶんか》が好《す》きな人《ひと》や映画《えいが》ファンは、この商店街《しょうてんがい》への訪問《ほうもん》を予定《よてい》に組《く》み込《こ》むといいだろう。何度《なんど》も味《あじ》わいたくなる素敵《すてき》な思《おも》い出《で》となるはずだ。

單字

1. 射的《しゃてき》 名 射擊遊戲（特別是用玩具槍打倒目標物以贏得獎品之遊戲）
2. 金魚《きんぎょ》すくい 名 撈金魚遊戲

時光交織的街巷味與童趣

昭和之町商店街流淌出的昔日溫度與日常點滴，讓暖意縈繞心頭。街角傳來烤仙貝的香氣，米香與醬油的鹹味勾住腳步。再往前，傳統糖果店的玻璃罐中，五顏六色的糖果與糖漬梅子映照陽光，散發甜香。不遠處，另一家店飄來誘人的氣味，老闆微笑著遞上一顆剛出爐的昭和咖哩餅，酥脆外皮與濃郁餡料令人回味。

這條街不僅滿載味覺的驚喜，也提供趣味十足的互動體驗。試穿活動中，古韻和服與學生制服成為拍照亮點；射擊攤位傳來清脆的「碰碰碰」聲，吸引大小朋友駐足；抓金魚的小池旁，孩子們每次網起金魚都充滿成就感。

古早味與時代的縮影

昭和之町商店街，是日本九州一處能讓人找回古早味的所在，也是《解憂雜貨店》記憶的溫床。散策其中，不但能聞到舊時光的氣息，還能連結從前與現在。如果你熱愛日本昭和文化，或者你是電影迷，就讓昭和之町商店街成為你未來旅程中，一個值得珍藏與反覆品味的口袋名單！

文法

「～のようだ」(像是～、好像是～、看起來像是～)

「～のようだ」通常用來表達比喻，並且不一定是絕對真實的，而是一種感覺或印象。

例句 1：「彼女《かのじょ》は花《はな》のようだ。」（她就像花一樣。）

例句 2：「この料理《りょうり》は本当《ほんとう》に美味《おい》しいのようだ。」（這道菜看起來真的很美味。）

豆知識

ナミヤ雑貨店《ざっかてん》の奇蹟《きせき》

解憂雜貨店，日本作家東野圭吾的小說作品。三名年輕人逃避警察追捕，闖入一家即將關閉的雜貨店，發現了曾幫助他人的信箱。透過閱讀信件，他們揭開了不同人物的命運與聯繫，故事探討了時間、命運和人際關係的深遠影響。

9 思案橋横丁

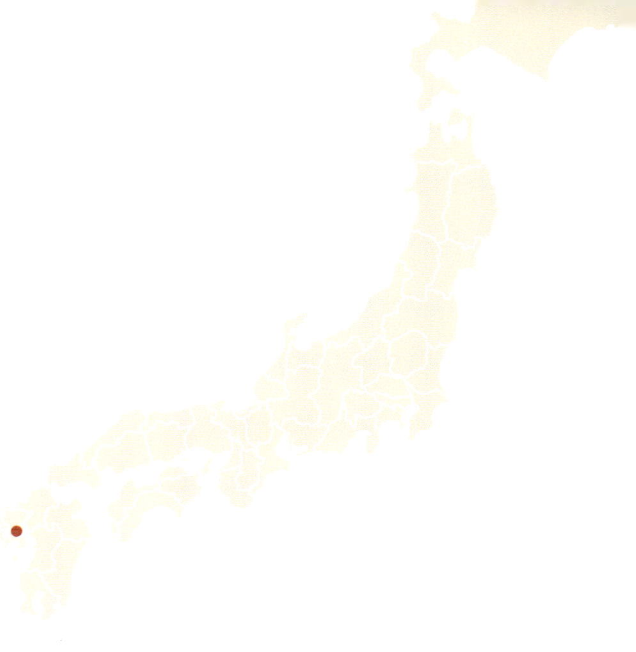

長崎市《ながさきし》の不夜城《ふやじょう》

「思案橋《しあんばし》」という名前《なまえ》の由来《ゆらい》は、江戸《えど》時代《じだい》にこの地《ち》にあった橋《はし》と関係《かんけい》があるらしい。橋《はし》の先《さき》に文化《ぶんか》、娯楽《ごらく》の空間《くうかん》「丸山花街《まるやまはなまち》」があり、多《おお》くの男《おとこ》が橋《はし》の上《うえ》で足《あし》を止《と》め、花街《はなまち》へ「行《い》こうか、それとも家《いえ》へ戻《もど》ろうか」と思案《しあん》していたことが由来《ゆらい》と言《い》われている。その後《ご》、川《かわ》の流《なが》れが変更《へんこう》され、伝説《でんせつ》の橋《はし》は今《いま》は存在《そんざい》しないが、思案橋《しあんばし》という名称《めいしょう》は日本《にほん》の九州《きゅうしゅう》にある思案橋横丁《しあんばしよこちょう》の歴史《れきし》と変遷《へんせん》を物語《ものがた》っている。

丸山花街《まるやまはなまち》の繁栄《はんえい》と変遷《へんせん》

丸山花街《まるやまはなまち》は江戸時代《えどじだい》に京《きょう》の祇園《ぎおん》、江戸《えど》の吉原《よしわら》と並《なら》ぶ日本三大花街《にほんさんだいはなまち》と呼《よ》ばれていた。この地《ち》に才色兼備《さいしょくけんび》の芸妓《げいぎ》が集《あつ》まり、見事《みごと》な演舞《えんぶ》や優雅《ゆうが》な美貌《びぼう》で文人《ぶんじん》や豪商《ごうしょう》を魅了《みりょう》していた。その後《ご》、時代《じだい》が進《すす》み、花街《はなまち》の栄華《えいが》は薄《うす》れていったが、花街《はなまち》の精神《せいしん》と文化《ぶんか》は今《いま》でも「思案橋横《しあんばしよこ》丁《ちょう》」の一部《いちぶ》として残《のこ》っている。

この横丁《よこちょう》は現在《げんざい》、提灯《ちょうちん》の柔《やわ》らかい光《ひかり》とネオンに彩《いろど》られ、魅力的《みりょくてき》な風情《ふぜい》を醸《かも》し出《だ》している。狭《せま》い通《とお》りの両脇《りょうわき》には居酒《いざか》屋《や》、スナック[1]、独特《どくとく》なレストランが建《た》ち並《なら》ぶ。そして、奥《おく》に佇《たたず》む料亭《りょうてい》「花《か》月《げつ》」は、数百年《すうひゃくねん》の物語《ものがたり》を絶《た》えず訴《うった》えている。

坂本龍馬《さかもとりょうま》や卓袱料理《しっぽくりょうり》など数百年《すうひゃくねん》の歴史《れきし》

「花月《かげつ》」は日本《にほん》に現存《げんそん》する唯一《ゆいいつ》の「史《し》跡料亭《せきりょうてい》」だ。その歴史《れきし》は一六四二年《せんろっぴゃくよんじゅうにねん》まで遡《さかのぼ》る。館内《かんない》には、坂本龍馬《さかもとりょうま》がつけた刀傷《かたなきず》の跡《あと》が残《のこ》る「竜《りゅう》の間《ま》」や、和洋折《わようせっ》衷《ちゅう》の日本初《にほんはつ》の洋間《ようま》「春雨《はるさめ》の間《ま》」、勝海《かつかい》

單字

1. スナック 名 酒吧、輕食店 (英 snack)

長崎市的不夜城

「思案橋」這名字自帶故事性，據說在江戶時代，這裡曾有一座橋樑，連接日常生活與以文化、娛樂聞名的「丸山花街」。傳言男人們走到橋上，常常停下腳步，思索：「是該回家，還是繼續前行？」這種猶豫的心境為橋樑留下了「思案橋」這個耐人尋味的名字。雖然河流改道，傳說中的橋不復存在，但它的名字卻見證了日本九州思案橋橫丁的歷史與變遷。

丸山花街的繁華轉變

丸山花街曾是江戶時代日本三大花街之一，與京都祇園、東京吉原齊名。當時，這裡雲集了才貌雙全的藝妓，她們以精湛的表演與優雅儀態，吸引文人雅士與富商巨賈。然而，隨著時代演變，花街的輝煌逐漸退去，但精神與內涵延續至今，成為「思案橋橫丁」的一部分。

如今，這片街區以燈籠柔光與霓虹點綴，展現出迷人的風情。狹窄的街道兩旁林立著居酒屋、小酒館與特色餐廳，而巷弄深處的料亭「花月」則靜靜佇立，將百年傳承的故事娓娓道來。

從坂本龍馬到卓袱料理，「花月」的百年傳承

作為全國僅存的「史蹟料亭」，「花月」的起源可追溯至1642年。館內的「龍之間」保留坂本龍馬留下的刀痕，低語著幕末的風

舟《しゅう》が愛《あい》した日本庭園《にほんていえん》も一望《いちぼう》できる「月《つき》の間《ま》」などがある。

また、併設《へいせつ》の資料館《しりょうかん》「集古館《しゅうこかん》」では、名妓《めいぎ》・愛八《あいはち》の歌本《うたぼん》や坂本龍馬《さかもとりょうま》の書簡《しょかん》、当時《とうじ》の歌《うた》の原稿《げんこう》など貴重《きちょう》な資料《しりょう》が展示《てんじ》されており、美食《びしょく》を堪能《たんのう》したついでに、この地《ち》の文化《ぶんか》と歴史《れきし》を深《ふか》く知《し》ることができる。

さらに、この料亭《りょうてい》は長崎《ながさき》の食材《しょくざい》と多様《たよう》な食文化《しょくぶんか》が見事《みごと》に融合《ゆうごう》した「卓袱料理《しっぽくりょうり》」で知《し》られる。長崎角煮《ながさきかくに》まんじゅうや厳選《げんせん》した**海《うみ》の幸《さち》**₁を使用《しよう》した会席料理《かいせきりょうり》など、どの一品《いっぴん》からも伝統《でんとう》に対《たい》する職人《しょくにん》の配慮《はいりょ》とこだわりが伝《つた》わってくる。ここでの食事《しょくじ》はまるで長崎《ながさき》の物語《ものがたり》を舌《した》で味《あじ》わうかのようだ。

路地裏《ろじうら》に潜《ひそ》む甘菓子《あまがし》の守《まも》り手《て》

思案橋横丁《しあんばしよこちょう》の**路地裏《ろじうら》**2には、炭火焼《すみびや》きの「梅《うめ》ヶ枝餅《えもち》」で有名《ゆうめい》な創業百年以上《そうぎょうひゃくねんいじょう》の老舗菓子店《しにせかしてん》「菊水大徳寺《きくすいだいとくじ》」が**潜《ひそ》んで**3いる。生地《きじ》がパリパリの梅《うめ》ヶ枝餅《えもち》の中《なか》には、北海道産小豆《ほっかいどうさんあずき》を炊《た》き上《あ》げたあんが入《はい》っていて、甘《あま》さはちょうどいい加減《かげん》。一口食《ひとくちた》べると、炭火《すみび》の香《かお》りと小豆《あずき》の甘《あま》さが口《くち》の中《なか》で溶《と》け合《あ》い、手作《てづく》り菓子《がし》のきめ細《こま》やかな技《わざ》と職人《しょくにん》の心《こころ》が伝《つた》わってくる。

思案橋横丁《しあんばしよこちょう》はグルメの天国《てんごく》であり、歴史《れきし》と文化《ぶんか》、夜《よる》の雰囲気《ふんいき》も味《あじ》わえる場所《ばしょ》でもある。日本《にほん》の九州《きゅうしゅう》を訪《おとず》れる機会《きかい》があれば、行《い》ってみる価値《かち》は必《かなら》ずある。

單字

1. 海《うみ》の幸《さち》 名 海產、海鮮
2. 路地裏《ろじうら》 名 巷弄、小巷
3. 潜《ひそ》む 動 潛藏、隱匿

雲瀲灩；「春雨之間」是日本最早的西式房間，和洋設計相得益彰；「月之間」窗外的日式庭園，則是勝海舟曾流連的景致。

百年老店內還設有「集古館」資料館，展示名妓愛八的歌本、坂本龍馬的手跡，甚至記錄當時民間生活的歌謠原稿等珍貴文物，這些展品讓訪客在享用美食的同時，也能深入了解此地文化脈絡與風采。

此外，這間料亭以「卓袱料理」聞名，巧妙融合當地食材與多元文化。從入口即化的長崎角煮饅頭，到精選海產製作的宴席，每一道料理都展現職人對傳統的用心與堅持。在這裡用餐，如同以味蕾品讀長崎故事。

小巷深處的甜蜜守護者

隱身於橫丁巷弄中的「菊水 大德寺」，是家以炭火烤製「梅枝餅」聞名的百年甜點舖。外皮酥脆的梅枝餅，內餡採用北海道紅豆熬煮，甜度恰到好處。一口咬下，炭火香氣與紅豆甘甜在舌尖交融，展現手作點心的細膩工藝與匠心。

思案橋橫丁是美食的天堂，也是一處得以感受歷史文化與夜生活氛圍的場所，如果有機會造訪日本九州地區，此地絕對值得一遊。

豆知識

坂本龍馬：日本幕末時期的偉大改革者之一，致力於推翻幕府體制，推動日本的現代化。最著名的事蹟包括：協助成立海援隊，支持倒幕運動，並且與勝海舟等人合作，為日本的開國和政權過渡做出了貢獻。他的精神和改革思想對日本歷史有著深刻的影響。

勝海舟：是江戶幕府末期的重要人物，曾任海軍大臣，並在戊辰戰爭中扮演關鍵角色。他確保了江戶的平和交接，為日本的現代化過渡鋪平了道路。勝海舟與坂本龍馬有密切關係，兩人都希望推動日本的改革。明治政府成立後，勝海舟繼續擔任高官，對日本的現代化建設做出貢獻，成為推動日本轉型的重要人物之一。

卓袱料理：長崎地方的傳統料理，特別指長崎中華街區域的一種料理。特色是以豐富的菜肴和多樣的食材為主，是由多道菜組合的正餐。它的名稱來自於「卓袱」這個詞，意指一種長桌餐，桌子上會擺滿各種菜餚，讓人可以一同分享。類似中華地區的合菜，都是將多道菜肴放在桌上供多人共享，強調團體用餐的氛圍。

034

10 豆田町商店街

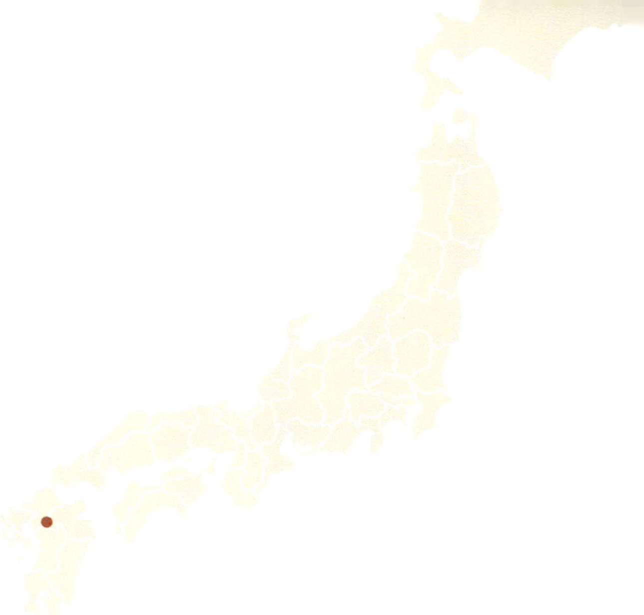

「九州《きゅうしゅう》の小京都《しょうきょうと》」を散策《さんさく》

「小京都《しょうきょうと》」の「豆田町商店街《まめだちょうしょうてんがい》」は九州《きゅうしゅう》・大分県日田市《おおいたけんひたし》にある。江戸時代《えどじだい》の町並《まちな》みと建築様式《けんちくようしき》を残《のこ》し、木造町家《もくぞうまちや》の白壁《しらかべ》と濃《こ》い茶色《ちゃいろ》の格子窓《こうしまど》が互《たが》いを**引《ひ》き立《た》て**1、別世界《べつせかい》の「白壁《しらかべ》の町並《まちな》み」を形成《けいせい》している。

建物《たてもの》の多《おお》くが文化財《ぶんかざい》に指定《してい》され、丁寧《ていねい》な修復《しゅうふく》をへて当時《とうじ》の姿《すがた》を完全《かんぜん》に残《のこ》している。石畳《いしだたみ》の通《とお》りの両脇《りょうわき》には老舗商店《しにせしょうてん》や古民家《こみんか》、小《ち》さな博物館《はくぶつかん》が趣深《おもむきぶか》く並《なら》ぶ。一角《いっかく》には草野本家《くさのほんけ》を代表《だいひょう》とする数百年《すうひゃくねん》の歴史《れきし》を誇《ほこ》る屋敷《やしき》があり、当時《とうじ》の豪商《ごうしょう》の暮《く》らしを**ありあり**2と伝《つた》えている。

路地裏《ろじうら》に潜《ひそ》む風味巡礼《ふうみじゅんれい》

伝統《でんとう》の技《わざ》で味噌《みそ》・醤油《しょうゆ》を醸造《じょうぞう》する創業《そうぎょう》百年以上《ひゃくねんいじょう》の老舗《しにせ》「日田醤油《ひたしょうゆ》ひな御殿《ごてん》」の醤油《しょうゆ》**ソフトクリーム**3は甘《あま》さと塩辛《しおから》さが融合《ゆうごう》した独特《どくとく》の旨味《うまみ》で、口《くち》の中《なか》で香《かお》りの余韻《よいん》が続《つづ》く。一八九一年創業《せんはっぴゃくきゅうじゅういちねんそうぎょう》の「赤司日田羊羹本舗《あかしひたようかんほんぽ》」は小豆《あずき》や栗《くり》など様々《さまざま》な味《あじ》の羊羹《ようかん》で名《な》を馳《は》せ、和菓子《わがし》を堪能《たんのう》したり、手土産《てみやげ》を買《か》う店《みせ》として一番人気《いちばんにんき》だ。

創業七十年以上《そうぎょうななじゅうねんいじょう》の「鳥市本店《とりいちほんてん》」は外《そと》は

單字

1. 引《ひ》立《た》つ 動 顯眼、突出
2. ありあり 副 明顯地、清楚地
3. ソフトクリーム 名 冰淇淋（英 soft cream）

漫步「九州小京都」

素有「小京都」美譽的「豆田町商店街」，位於日本九州大分縣日田市，這裡保存了江戶時代的街道格局與建築特色，木造町家的白牆與深褐色格子窗相得益彰，構成別有洞天的「白壁の町並み」（白牆街景）。

當地許多建築已被列為文化財產，經過細心修復後，完整保留了當年的建築風貌。鋪滿石板的街道兩旁，老字號商鋪、古民居與小型博物館錯落有致；而在街區一隅，以草野本家為代表的百年豪宅，更真實再現了昔日豪商的生活樣貌。

藏在巷弄中的風味巡禮

百載不衰的老店「日田醬油雛御殿」以經典技藝釀造味噌與醬油，特製的醬油霜淇淋鹹甜交融，滋味與眾不同，口齒留香。創立於1891年的「赤司日田羊羹本舖」，以紅豆、栗子等多種口味的羊羹馳名，是品味和菓子與選購伴手禮的首選店家。

創立已70餘年的「鳥市本店炸雞」，以外酥內嫩的炸雞，擄獲在地人與遊客的味蕾。喜愛炭火料理的朋友，別錯過「日田燒串」，鮮嫩多汁的肉串是當地的平價美食代表！從如初戀般甜美的點心到喚醒食慾的鹹香小吃，豆田町的在地風味巡禮，為每位旅人的口腹之欲帶來滿足與驚喜。

カリカリ、中《なか》はふんわりの唐揚《からあ》げで地《じ》元《もと》住民《じゅうみん》と観光客《かんこうきゃく》の舌《した》を魅了《みりょう》している。炭火料理《すみびりょうり》が好《す》きなら「日田焼串《ひたやきぐし》」は外《はず》せない。柔《やわ》らかくジューシーな肉《にく》の串《くし》焼《や》きは地元《じもと》を代表《だいひょう》するB級《きゅう》グルメだ。初恋《はつこい》のように甘《あま》いスイーツも食欲《しょくよく》をそそる**塩辛《しおから》く**1香《こう》ばしい庶民料理《しょみんりょうり》も、本《ほん》場《ば》の風味《ふうみ》を巡《めぐ》る旅人《たびびと》を驚《おどろ》きと喜《よろこ》びで満《み》たす。

重層的《じゅうそうてき》な工芸《こうげい》と酒香《しゅこう》の旅《たび》

「日田下駄《ひたげた》」はこの地《ち》を象徴《しょうちょう》する伝統《でんとう》的《てき》な**下駄《げた》**2だ。良質《りょうしつ》の杉《すぎ》や檜《ひのき》を使用《しよう》し、実用性《じつようせい》と美《うつく》しさを兼《か》ね備《そな》える。「天領《てんりょう》日田《ひた》はきもの資料館《しりょうかん》　足駄《あしだ》や」では、様々《さまざま》な下駄《げた》を集《あつ》め、日本一大《にほんいちおお》きい超巨《ちょうきょ》大下駄《だいげた》も展示《てんじ》しており、職人《しょくにん》の巧《たく》みな技《わざ》と創意《そうい》に舌《した》を巻《ま》くこと必至《ひっし》だ。

この地《ち》に別次元《べつじげん》の深《ふか》みを添《そ》えているのが酒蔵《さかぐら》だ。三百年以上《さんびゃくねんいじょう》の歴史《れきし》ある「クンチョウ酒蔵《さかぐら》」（クンチョウ酒造《しゅぞう》）は地元《じもと》の良質《りょうしつ》な米《こめ》と天然水《てんねんすい》で爽《さわ》やかな香《かお》りの清酒《せいしゅ》を醸造《じょうぞう》しており、日田《ひた》の酒造《しゅぞう》文化《ぶんか》を象徴《しょうちょう》する代表的存在《だいひょうてきそんざい》だ。酒蔵《さかぐら》は一般公開《いっぱんこうかい》されており、展示《てんじ》されている古《ふる》くからの酒造用具《しゅぞうようぐ》や製造工程《せいぞうこうてい》を見学《けんがく》し、継承《けいしょう》されてきた伝統技術《でんとうぎじゅつ》の精髄《せいずい》に触《ふ》れられる。試飲《しいん》してから瓶《びん》で購入《こうにゅう》することも可能《かのう》。家《いえ》で後日《ごじつ》飲《の》めば、ほろ酔《よ》いの香《かお》りと柔《やわ》らかな味《あじ》わいが心《こころ》を小《しょう》京都《きょうと》に連《つ》れ戻《もど》してくれる。

豆田町商店街《まめだちょうしょうてんがい》のどの小路《こうじ》にも物語《ものがたり》が潜《ひそ》んでおり、どの美食《びしょく》も清酒《せいしゅ》も思《おも》いが満《まん》載《さい》されている。ここで文化《ぶんか》の歴史《れきし》と味《み》覚《かく》が織《お》りなす旅《たび》に出《で》かけよう！

單字

1. 塩辛《しおから》い い形 鹹的
2. 下駄《げた》 名 木屐

多層次的工藝與酒香之旅

「日田下駄」是這裡象徵性的傳統木屐，採用優質柳杉與檜木製作，兼具實用性與美感。「天領日田木屐資料館 足駄屋」則匯集多款木屐，並展出全國最大的巨型木屐，匠心獨運的手法與創意令人嘆服。

「酒藏」則為商店街增添了另個層次的深度。擁有超過300年歷史的「薰長酒藏」（薰長酒造），以本地優質米與天然水釀造清酒，酒香清爽，是日田釀酒文化的標誌性代表。酒藏內部開放參觀，展示古老釀酒器具與製程，讓人貼近古法傳承的釀酒精髓。試飲清酒之後，還可選購一瓶特色酒帶回家，日後小酌時，那微醺的香氣與柔和味道，又將把你帶回小京都的街角。

豆田町商店街的巷弄小徑中都醞藏著故事，每一口美食與清酒都滿載情感。來到這裡，人文歷史與味覺碰撞的場景將會就此展開！

慣用句

「舌《した》を巻《ま》く」（驚訝到無法說話）

用來形容當某人對某個人、某件事的能力、表現或某些特徵感到極度驚訝或佩服，以至於連舌頭都無法順利動彈，無法發出言語。

例句 1：「彼《かれ》のピアノの演奏《えんそう》には舌《した》を巻《ま》くほど感動《かんどう》した。」
（他的鋼琴演奏讓我感動到無法說話。）

例句 2：「あの選手《せんしゅ》の速《はや》さには舌《した》を巻《ま》く。」（那位選手的速度讓我驚訝到無語的程度。）

035

11 平和通商店街

小路《こうじ》に息《いき》づく那覇《なは》の物語《ものがたり》

沖縄《おきなわ》・那覇旅行《なはりょこう》で賑《にぎ》やかな国際通《こくさいどお》りに行《い》くことがあれば、道《みち》を曲《ま》がり、目立《めだ》たないが地元《じもと》の情緒溢《じょうちょあふ》れる「平和通《へいわどお》り商店街《しょうてんがい》」を訪《おとず》れるといいだろう。国際《こくさい》通《どお》りに面《めん》し、那覇中央市場《なはちゅうおういちば》に属《ぞく》している。全長約五百《ぜんちょうやくごひゃく》メートル未満《みまん》だが、琉球王国《りゅうきゅうおうこく》の情景《じょうけい》が濃縮《のうしゅく》されている。

「平和通《へいわどお》り」という名称《めいしょう》には、第二次《だいにじ》世界大戦後《せかいたいせんご》の復興時《ふっこうじ》の平和《へいわ》への願《ねが》いが込《こ》められている。アーケード商店街《しょうてんがい》のため**日差《ひざ》し**[1]や雨《あめ》を気《き》にせず買《か》い物《もの》ができる。両脇《りょうわき》に並《なら》ぶ赤《あか》レンガや木造《もくぞう》の建物《たてもの》は歳月《さいげつ》の経過《けいか》を感《かん》じさせ、伝統的《でんとうてき》な美《うつく》しさと素朴《そぼく》さを保《たも》っている。**ノスタルジックな**[2]店《みせ》の看板《かんばん》や精緻《せいち》な木《き》の彫刻《ちょうこく》は郷土《きょうど》の雰囲気《ふんいき》を仄《ほの》かに醸《かも》し出《だ》し、通《とお》りに潜《ひそ》む物語《ものがたり》が聞《き》こえてくるかのようだ。人通《ひとどお》りの多《おお》い国際通《こくさいどお》りに比《くら》べ、平和通《へいわどお》りは幾分《いくぶん》テンポが緩《ゆる》やかで、人情味《にんじょうみ》と温《ぬく》もりがある。

通《とお》りの商店《しょうてん》と琉球色《りゅうきゅうしょく》

平和通《へいわどお》りには沖縄特有《おきなわとくゆう》の琉球《りゅうきゅう》ガラス、陶器《とうき》、珊瑚《さんご》の飾《かざ》り物《もの》など伝統工芸品《でんとうこうげいひん》の専門店《せんもんてん》がある。衣料《いりょう》や生地《きじ》を扱《あつか》う裁縫《さいほう》材料店《ざいりょうてん》もあり、手織《てお》り愛好家《あいこうか》を引《ひ》き寄《よ》せている。日用品《にちようひん》や値段《ねだん》の手頃《てごろ》な服屋《ふくや》もあり、地元住民《じもとじゅうみん》も観光客《かんこうきゃく》も役立《やくだ》つものがお得《とく》に購入《こうにゅう》できる。

地元色《じもとしょく》の強《つよ》い商品《しょうひん》が好《す》きなら、泡盛専《あわもりせん》門店《もんてん》がいいだろう。どの瓶《びん》もデザインが美《うつく》しく、沖縄《おきなわ》の味《あじ》に満《み》ちている。塩《しお》

單字

1. 日差《ひざ》し 名 太陽的照射、陽光
2. ノスタルジックな な形 懷舊的、令人懷念的
(英 nostalgic)

那霸的小巷故事

在沖繩那霸旅行時，走過熱鬧的國際通，不妨抽空轉個彎，來到這條低調、又瀰漫著在地情懷的「平和通商店街」。它緊鄰國際通，隸屬於那霸中央市場，全長約不到500 公尺，卻將琉球王國的光景，濃縮在這條短短的街道上。

這條商店街的名字「平和通」，源於二戰後重建家園時對「和平」的願景。走進街道，頂棚設計讓人無懼日曬雨淋，可安心購物散步。兩旁的紅瓦與木質建築，經過時間的洗禮，保留了傳統的美感與質樸。懷舊的店鋪招牌、精緻的木雕、隱約飄出的鄉土氣圍，讓人能夠聽見街道深處那份屬於平和通的故事。與國際通的熙來攘往相比，平和通多了幾分緩慢與人情溫暖。

街道商店與琉球特色

平和通商店街有專售傳統手工藝品的店面，展示沖繩獨有的琉球玻璃、陶器，以及以珊瑚打造的飾品；也有經營服飾、布料的裁縫材料店，吸引手工織品愛好者流連其中。此外，日用品小鋪和價格親民的衣物店，更讓當地人和遊客都能買到實用又實惠的商品。

若是喜歡地方特色商品，可以走進專賣泡盛酒的酒鋪，瓶身設計精美，每一款都蘊含沖繩的味道；還有販賣鹽製品的「鹽屋」，琳瑯滿目的雪鹽商品成為許多旅人的必買清單。而街邊小店內的風獅爺擺設，無論大小造型都充滿趣味，象徵著守護沖繩土地的信仰。

の専門店《せんもんてん》「塩屋《しおや》」もお薦《すす》めだ。ここの多様《たよう》な雪塩《ゆきしお》を必《かなら》ず買《か》うという観光客《かんこうきゃく》は多《おお》い。別《べつ》の店《みせ》に並《なら》ぶ沖縄《おきなわ》の信仰《しんこう》を象徴《しょうちょう》するシーサーの置物《おきもの》は大小問《だいしょうと》わず趣《おもむき》に満《み》ちている。

露店《ろてん》の本場味《ほんばあじ》

平和通《へいわどお》りを訪《おとず》れる一番《いちばん》の理由《りゆう》が買《か》い物《もの》だとすると、二番目《にばんめ》の理由《りゆう》はここを離《はな》れたくないと思《おも》わせる美食《びしょく》だ。熱々《あつあつ》の沖縄麺《おきなわめん》は香《かお》りが鼻《はな》をくすぐり、スープは濃厚《のうこう》だが**くどさ**[1]はない。もちもちの麺《めん》も止《と》まらなくなる美味《おい》しさだ。隣《となり》のスープ豚足《とんそく》は口《くち》に入《い》れると溶《と》けるような柔《やわ》らかさで、**プチプチ**[2]の海《うみ》ぶどうと食《た》べると豊《ゆた》かな味《あじ》わいが楽《たの》しめる。

運《うん》が良《よ》ければ石垣牛《いしがきぎゅう》の串焼《くしや》き屋台《やたい》に出《で》会《あ》える。その場《ば》で焼《や》き上《あ》げる牛肉《ぎゅうにく》は柔《やわ》らくジューシーで、炭火《すみび》の焦《こ》げた香《かお》りが食指《しょくし》を動《うご》かす。小路《こうじ》の奥《おく》に潜《ひそ》むスイーツ店《てん》では紫芋《むらさきいも》のデザートや黒糖《こくとう》ちんすこうを販売《はんばい》している。しっとりとした味《あじ》わいで香《かお》りも濃《こ》く、一口《ひとくち》ごとに沖縄《おきなわ》の太陽《たいよう》と大地《だいち》の味《あじ》わいが口《くち》に広《ひろ》がるかのようだ。

平和通《へいわどお》りの余韻《よいん》

平和通《へいわどお》りは大《おお》きくはないが、暮《く》らしに寄《よ》り添《そ》う形《かたち》で沖縄人《おきなわじん》の心《こころ》を捉《とら》えている。どのグルメや手土産《てみやげ》からも、繰《く》り返《かえ》す日々《ひび》の最《もっと》も純粋《じゅんすい》な軌跡《きせき》が味《あじ》わえる。ここを離《はな》れても、ここで過《す》ごした素朴《そぼく》で懐《なつ》かしい一時《ひととき》が、最《もっと》も価値《かち》ある贈《おく》り物《もの》として残《のこ》るだろう。

豆知識

泡盛《あわもり》：「泡盛（沖繩蒸餾酒）」，一種特產於琉球群島的蒸餾酒。日本清酒一般是釀造而成，但泡盛是由白米蒸餾而得。琉球人通常將泡盛置於水中或冰中飲用，在沖繩的餐館中，泡盛會與一杯水或一杯冰塊放在一起出售。泡盛也可以直接飲用，或置於雞尾酒中飲用。

單字

1. **くどさ** 名 くどい（過於油膩的）的名詞形，油膩感
2. **プチプチ** 副 擬聲副詞 形容有彈性、爽脆或有小顆粒感的東西

街邊小攤的地道風味

如果說購物是來平和通的第一理由，那麼美食絕對是讓人流連忘返的第二理由。熱騰騰的沖繩麵香氣撲鼻，湯底濃郁卻不膩口，搭配Q彈的麵條，讓人一口接一口停不下來；一旁的豬腳湯更是柔軟到入口即化，配上鮮脆的海葡萄，口感豐富。

如果有幸，你還能找到石垣牛串燒的小攤，現烤的牛肉每一口都嫩而多汁，伴隨炭火的焦香味，令人食指大動。而那些藏在巷子深處的小甜點店，提供的紫芋甜品與黑糖糕點，綿密香濃，讓每一口都在回味這裡的陽光與土地。

平和通的餘韻

平和通商店街雖然規模不大，但它用一種貼近生活的方式，悄悄捕捉了沖繩的靈魂。你可以透過一道道美食和伴手禮，品味到最純粹且日復一日的日常軌跡。當你離開平和通時，那些簡單卻令人懷念的小瞬間，可能就是最珍貴的禮物。

豆知識

沖繩獅：「シーサー（沖繩獅）」是沖繩的一種獅子像，源自中國的石獅文化，類似於金門「風獅爺」的概念。張嘴的雄獅象徵「驅邪」，閉嘴的雌獅象徵「守財」或「守護幸福」。通常成對擺放在建築物的屋頂、門口或入口處，用來驅邪避凶，保佑家宅平安。

慣用句

食指《しょくし》を動《うご》かす：日語成語，字面意思是「動食指」，類似中文的「食指大動」或「讓人垂涎三尺」之意，用來形容某物或某事物讓人產生了強烈的欲望或興趣，也可以指想要品嘗、購買某物的衝動。

例句 1：「美味《おい》しそうなケーキを見《み》て、食指《しょくし》が動《うご》いた。」
（見到看來很美味的蛋糕，我忍不住想吃了。）

例句 2：「この店《みせ》の新《あたら》しい商品《しょうひん》を見《み》て、食指《しょくし》が動《うご》く人《ひと》が多《おお》い。」
（看到這家店的新產品，很多人都忍不住想買。）

036

12 榮町市場商店街

地元《じもと》民《みん》最愛《さいあい》の夜《よる》の秘境《ひきょう》

沖縄県《おきなわけん》那覇市《なはし》安里《あさと》に位置《いち》する「栄町市《さかえまちいち》場商店街《ばしょうてんがい》」は、那覇《なは》が戦後《せんご》の廃墟《はいきょ》から現代《げんだい》の繁栄《はんえい》へと**歩《あゆ》む**[1]歴史《れきし》に立《た》ち会《あ》ってきた。地域密着型《ちいきみっちゃくがた》の市場《いちば》で、当初《とうしょ》は食品《しょくひん》の**卸売《おろしうり》**[2]が中心《ちゅうしん》だったが、次第《しだい》に地元《じもと》の暮《く》らしと社交《しゃこう》の中心《ちゅうしん》になっていった。昭和《しょうわ》の全盛期《ぜんせいき》には新鮮《しんせん》な食材《しょくざい》や衣料《いりょう》、家庭用品《かていようひん》の露店《ろてん》が林立《りんりつ》し、独特《どくとく》な地域文化《ちいきぶんか》を形成《けいせい》した。日本本島《にほんほんとう》、琉球《りゅうきゅう》の伝統《でんとう》と米軍文化《べいぐんぶんか》が融合《ゆうごう》し、他《ほか》とは違《ちが》う沖縄《おきなわ》の姿《すがた》を見《み》せている。二十一世紀《にじゅういっせいき》は大型《おおがた》スーパーや**コンビニ**[3]の影響《えいきょう》を受《う》けたが、商店《しょうてん》と住民《じゅうみん》の努力《どりょく》により、現代的《げんだいてき》な創意《そうい》と伝統的《でんとうてき》な特色《とくしょく》が融合《ゆうごう》され、再《ふたた》び若者《わかもの》や観光客《かんこうきゃく》を引《ひ》き寄《よ》せている。

素朴《そぼく》さの中《なか》の日常《にちじょう》

ここは夜明《よあ》け頃《ごろ》から露店《ろてん》が開《ひら》き、新鮮《しんせん》な青果《せいか》、精肉《せいにく》、手作《てづく》り豆腐《どうふ》などが店頭《てんとう》に並《なら》んで活気《かっき》に包《つつ》まれる。精肉店《せいにくてん》には**カットした**[4]豚肉《ぶたにく》や牛肉《ぎゅうにく》が陳列台《ちんれつだい》いっぱいに並《なら》び、青果店《せいかてん》では旬《しゅん》の新鮮《しんせん》な食材《しょくざい》が陳列《ちんれつ》される。手作《てづく》り豆腐店《とうふてん》では濃厚《のうこう》な豆《まめ》の香《かお》りが漂《ただよ》う。花屋《はなや》で咲《さ》き誇《ほこ》る花々《はなばな》は商店街《しょうてんがい》に明《あか》るさと美《うつく》しさを添《そ》えている。雑貨店《ざっかてん》では日用品《にちようひん》とおやつが、洋服店《ようふくてん》では多様《たよう》な服《ふく》が販売《はんばい》され、道行《みちゆ》く人《ひと》が足《あし》を止《と》めて商品《しょうひん》を選《えら》ぶ。各露店《かくろてん》では店主《てんしゅ》が優《やさ》しげな笑顔《えがお》で客《きゃく》と言葉《ことば》を交《か》わし、濃密《のうみつ》な地元情緒《じもとじょうちょ》を醸《かも》し出《だ》す。

正午《しょうご》になると、食堂《しょくどう》から食欲《しょくよく》をそそる香《かお》りが漂《ただよ》う。外《はず》せない看板《かんばん》メニューは

單字

1. 歩《あゆ》む 動 走向、走過
2. 卸売《おろしうり》 名 批發
3. コンビニ 名 便利商店（英 convenience store）
4. カットする 動 剪切（英 cut）

當地人最愛的夜生活祕境

位於沖繩那霸市安里地區的「榮町市場商店街」，見證了那霸市從戰後廢墟走向現代繁榮的蛻變！這座社區型市場，起初以食品批發為主，後來逐漸轉型為鄰里生活與社交的中心。昭和全盛時期，攤販林立，售賣新鮮食材、服飾家居，形成獨具一格的社區文化。市場融合了日本本土、琉球傳統與美軍文化，展現出沖繩與眾不同的風貌。進入21世紀，雖受大型超市和連鎖商店的衝擊，但榮町市場憑藉商家與居民的努力，結合現代創意與傳統特色，重新吸引年輕人與遊客。

樸實外表下的市場日常

清晨時分，市場內攤販陸續開張，新鮮的蔬菜、水果、精肉以及手工豆腐逐一上架，整個市場洋溢著活力。精肉店擺滿切割好的豬肉與牛肉，蔬果攤上陳列著當季的新鮮食材，手工豆腐店則散發出濃濃豆香。花店裡的鮮花綻放，為市場增添一抹亮麗色彩；雜貨店提供日用品和小零食，而洋裝店陳列著各式款式的服飾，吸引人們駐足挑選。攤位之間，店主用親切的笑容與顧客閒談，讓這裡滿溢濃厚的鄰里氛圍。

到了中午，小食堂裡飄出的香氣令人垂

沖縄《おきなわ》そばと**ゴーヤ** 1 豆腐《どうふ》の炒《いた》め物《もの》。近《ちか》くの餃子店《ぎょうざてん》の焼《や》き立《た》て餃子《ぎょうざ》は外《そと》はパリパリ、中《なか》はふんわりで思《おも》わずおかわりしたくなる。地元住民《じもとじゅうみん》が簡素《かんそ》な木《き》のテーブルに腰掛《こしか》け、昼食《ちゅうしょく》を楽《たの》しみながら談笑《だんしょう》している。露店《ろてん》の掛《か》け声《ごえ》も客同士《きゃくどうし》の笑《わら》い声《ごえ》も、市場全体《いちばぜんたい》が年中変《ねんじゅうか》わらない日常《にちじょう》を描《えが》き出《だ》している。

夜更《よるふ》ける 2 ほど美《うつく》しい居酒屋文化《いざかやぶんか》

ここが最《もっと》も賑《にぎ》やかになるのは日没後《にちぼつご》だ。夕方五時頃《ゆうがたごじごろ》に温《あたた》かみのある黄色《きいろ》の明《あ》かりが灯《とも》り、日中《にっちゅう》の素朴《そぼく》な市場《いちば》が昭和情緒溢《しょうわじょうちょあふ》れる夜《よる》の場所《ばしょ》に変身《へんしん》する。居酒屋《いざかや》では炭火焼《すみびや》きの香《かお》りが充満《じゅうまん》し、鳥《とり》の串焼《くしや》き、豚肉料理《ぶたにくりょうり》、タレに漬《つ》け込《こ》んだ沖縄料理《おきなわりょうり》が食欲《しょくよく》をそそる。焼《や》き餃子《ぎょうざ》、ゴーヤ炒《いた》め、豚肉《ぶたにく》の味噌煮込《みそにこ》みも外《はず》せない傑作《けっさく》だ。

沖繩苦瓜料理

スナックはレトロな内装《ないそう》で食通《しょくつう》を呼《よ》び込《こ》む所《ところ》や、オリジナルメニューで若者《わかもの》を引《ひ》き寄《よ》せる所《ところ》などそれぞれ特徴《とくちょう》がある。テーブルとイスが気《き》ままに通《とお》りに並《なら》び、こだわらない自然《しぜん》な食事《しょくじ》スペースができる。大半《たいはん》は地元住民《じもとじゅうみん》の溜《た》まり場《ば》だが、観光客《かんこうきゃく》も気楽《きらく》に溶《と》け込《こ》める。**ショートリブ** 3 のタレ焼《や》き、沖縄独自《おきなわどくじ》の海《うみ》ぶどうサラダ、冷《ひ》えた泡盛《あわもり》を注文《ちゅうもん》すれば、沖縄《おきなわ》の夜《よる》の文化《ぶんか》をありのまま体感《たいかん》できる。

沖縄《おきなわ》を訪《おとず》れる時《とき》は、夜《よる》にここへ足《あし》を運《はこ》ぶといいだろう。昭和《しょうわ》の雰囲気《ふんいき》と地元住民《じもとじゅうみん》の人情《にんじょう》に浸《ひた》りながら、泡盛片手《あわもりかたて》に美食《びしょく》を堪能《たんのう》し、那覇《なは》の夜《よる》に潜《ひそ》む味《あじ》わいと真実《しんじつ》を感《かん》じてみよう。

單字

1. ゴーヤ 名 沖繩地區的苦瓜，外觀為綠色、長形且帶有苦味。
2. 夜更《よるふ》ける 動 夜晚變深
3. ショートリブ 名 牛隻肋骨部位的肉塊（英 short rib）

涎，沖繩麵與苦瓜炒豆腐是不可錯過的招牌菜色。一旁的煎餃專賣店現煎的餃子外酥內嫩，令人忍不住再來一份。當地人坐在簡單的木桌旁，邊享用午餐邊聊著家常。整個市場裡，從攤販的叫賣聲到顧客間的笑談聲，描繪出365天再正常不過的日子。

越夜越美麗的居酒屋文化

當太陽西沉，榮町市場商店街進入一天中最熱鬧的時刻。傍晚五點左右，巷弄間次第亮起暖黃燈光，白天的樸實市集搖身一變，成為充滿昭和風情的夜生活場所。居酒屋裡，炭火燒烤的香氣瀰漫整個空間，烤雞串、豬肉料理與醬汁醃製的沖繩特色菜肴，挑動著路人的味蕾，煎餃、炒苦瓜與味噌燉豬肉更是不容錯過的經典滋味。

巷弄間的小酒館風格各異，以復古裝潢吸引老饕的，或以創意菜單吸引年輕族群的；桌椅隨意地擺放在巷弄裡，形成自然不拘的用餐情境。這裡多是本地人聚會的據點，但旅客也能輕鬆融入，隨意點上一份醬燒牛肋條或沖繩特色海葡萄沙拉，再搭配一杯冰涼的泡盛，便能真切體驗沖繩的夜間文化。

下一次到訪沖繩，不妨選擇一個夜晚，走進榮町市場商店街，沉浸在昭和氛圍與在地人情中，舉杯泡盛，細品美食，體會那霸夜晚的韻味與真實。

沖繩海葡萄沙拉

文法

次第《しだい》に

意思為逐漸地、慢慢地發展或變化。用來說明某過程中事物或情況的變化。

例句 1：「天気《てんき》は次第《しだい》に回復《かいふく》してきた。」（天氣逐漸好轉了。）

例句 2：「病気《びょうき》は次第《しだい》に良《よ》くなっています。」（病情逐漸好轉。）

Part.4

小品

Esse

037

台湾に来て思い返す、時を超えた商店街の魅力

作者 吉武依宣

私《わたし》たち日本人《にほんじん》には、それぞれの記憶《きおく》に残《のこ》る、自分《じぶん》だけの商店街《しょうてんがい》があるものです。日本《にほん》では大小《だいしょう》にかかわらず電車《でんしゃ》の駅《えき》の近《ちか》くには必《かなら》ずと言《い》っていいほど商店街《しょうてんがい》があり、主婦《しゅふ》や家族連《かぞくづ》れ、学生《がくせい》たちで賑《にぎ》わっています。多《おお》くの人《ひと》が高校《こうこう》や大学《だいがく》から電車通学《でんしゃつうがく》を始《はじ》めるため、学生《がくせい》たちもこれらの商店街《しょうてんがい》を利用《りよう》します。なので若《わか》い人《ひと》にとっても思《おも》い出《で》が詰《つ》まった場所《ばしょ》でもあります。

駅《えき》から伸《の》びるこの商店街《しょうてんがい》は、全長《ぜんちょう》およそ300メートル。特徴的《とくちょうてき》な古《ふる》い木造《もくぞう》のアーケードがどこか懐《なつ》かしい雰囲気《ふんいき》を醸《かも》し出《だ》しています。アーケードの天井《てんじょう》には、昔《むかし》ながらの丸《まる》い照明《しょうめい》が垂《た》れ下《さ》がり、夕暮《ゆうぐ》れ時《どき》にはその温《あたた》かな光《ひかり》が商店街全体《しょうてんがいぜんたい》を包《つつ》み込《こ》みます。八百屋《やおや》の前《まえ》には色《いろ》とりどりの野菜《やさい》が並《なら》び、魚屋《さかなや》の大将《たいしょう》は威勢《いせい》のよい声《こえ》で「今日《きょう》のアジは安《やす》いよ！」と客《きゃく》を呼《よ》び込《こ》んでいました。精肉店《せいにくてん》では店主《てんしゅ》が「いつもありがとう！」と常連客《じょうれんきゃく》と世間話《せけんばなし》に花《はな》を咲《さ》かせ、100円《えん》ショップでは小学生《しょうがくせい》たちが放《ほう》課後《かご》の駄菓子《だがし》選《えら》びに夢中《むちゅう》になっていました。

商店街的點滴回憶

每個日本人，記憶中都有一條只屬於自己的商店街。在日本不論大小火車站附近幾乎都會有商店街，總是熱鬧地聚集著主婦、家庭和學生們。許多人從高中或大學開始搭乘電車上下課，因此學生們也經常使用出沒在商店街。對年輕人來說，是個充滿回憶的地方。

從車站延伸出去的這條商店街，全長約300公尺。特色是那古老的木造拱廊，散發著一股懷舊的氛圍。拱廊天花板上懸掛著老式的圓形燈具，黃昏時分，溫暖的燈光籠罩著整條商店街。青果攤前擺放著五彩繽紛的蔬菜，魚攤老闆用響亮的嗓門喊著：「今天的竹筴魚很便宜喔！」招攬著顧客。肉舖的老闆娘跟常客太太寒暄著「謝謝你常來！」，百元商店裡的小學生們放學後專注的挑選零食。老舊的招牌上貼著手寫的價格標籤和季

古《ふる》びた看板《かんばん》には手書《てが》きの値札《ねふだ》や季節《きせつ》のお知《し》らせが貼《は》られており、その一《ひと》つ一《ひと》つに人情味《にんじょうみ》が溢《あふ》れていました。雨《あめ》の日《ひ》も傘《かさ》いらずで買《か》い物《もの》ができる商店街《しょうてんがい》は、まるで大《おお》きな家族《かぞく》のような温《ぬく》もりのある空間《くうかん》でした。

家《いえ》の最寄《もよ》りの駅《えき》の角《かど》にあるカフェは、いつも笑顔《えがお》で迎《むか》えてくれるおばあちゃんが切《き》り盛《も》りしていました。「また学校《がっこう》をサボってきたの？」と優《やさ》しく声《こえ》をかけ、温《あたた》かいココアを出《だ》してくれる彼女《かのじょ》のカフェは、私《わたし》にとって最高《さいこう》の隠《かく》れ家《が》でした。帰《かえ》り道《みち》に立《た》ち寄《よ》るクレープ屋《や》は、畳《たたみ》5畳分《じょうぶん》ほどの小《ちい》さな店《みせ》で、「いつもの！」と声《こえ》をかけると、店主《てんしゅ》が「はいよ！チョコバナナね！」と元気《げんき》よく応《こた》えてくれました。放課後《ほうかご》になると制服姿《せいふくすがた》の学生《がくせい》たちがぎゅうぎゅう詰《づ》めになって、みんなでワイワイとクレープを食《た》べたのを覚《おぼ》えています。家《いえ》に帰《かえ》って晩《ばん》ご飯《はん》が食《た》べられなくなり、母親《ははおや》にクレープを食《た》べたことがバレてしまったこともありました。商店街《しょうてんがい》の奥《おく》まった場所《ばしょ》には、老舗《しにせ》銭湯《せんとう》がありました。商店街《しょうてんがい》で買《か》い物《もの》を終《お》えた

日式巧克力香蕉可麗餅

節通知，每一樣都充滿了人情味。雨天也不需要撐傘就能購物的商店街，就像是個溫暖的大家庭空間。

離家最近的車站角落的咖啡廳，總是由一位笑容可掬的婆婆經營著。溫柔地說：「又翹課來了嗎？」然後端上溫暖的可可，對我來說她的咖啡廳是我最棒的避風港。回家路上會經過的可麗餅店，只有五個榻榻米大小的小店面，只要喊一聲「老樣子！」店長就會精神抖擻地回應「好！巧克力香蕉對吧！」。我還記得放學後穿著制

お客《きゃく》さんたちが、重《おも》い荷物《にもつ》を抱《かか》えながら「ちょっと一息《ひといき》」と立《た》ち寄《よ》る**憩《いこ》い**[1]の場所《ばしょ》でした。私《わたし》も友達《ともだち》と一緒《いっしょ》によく通《かよ》いました。気持《きも》ちよくお風呂《ふろ》に浸《つ》かって、ふと立《た》ち上《あ》がった瞬間《しゅんかん》に男湯《おとこゆ》のおじさんたちが入浴《にゅうよく》しているのが見《み》えてしまった…そんなこともありました。これらは私《わたし》の学生時代《がくせいじだい》の大切《たいせつ》で楽《たの》しく、また**忘《わす》れがたい**[2]思《おも》い出《で》です。

時《とき》が流《なが》れ、私《わたし》が大人《おとな》になった今《いま》、商店街《しょうてんがい》の様《よう》子《す》も大《おお》きく変《か》わってきました。近年《きんねん》、ネットショッピングやチェーン店《てん》の勢《いきお》いにより、多《おお》くの商店街《しょうてんがい》が経営難《けいえいなん》に陥《おちい》り、人情味《にんじょうみ》あふれる店《みせ》が次々《つぎつぎ》に閉店《へいてん》してきています。その代《か》わりに、大型《おおがた》チェーン店《てん》が増《ふ》えてきました。居《い》酒屋《ざかや》チェーン店《てん》や回転寿司《かいてんずし》などは、確《たし》かに便《べん》利《り》で清潔《せいけつ》、料理《りょうり》もおいしく、価格《かかく》も手頃《てごろ》ですが、老舗特有《しにせとくゆう》の人情味《にんじょうみ》に欠《か》けています。昔《むかし》ながらの店《みせ》では、何《なに》も言《い》わずとも『いつもの』と言《い》えば注文《ちゅうもん》が通《つう》じたり、カウンター席《せき》でラーメンを食《た》べながら店員《てんいん》と**たわいもない**[3]お喋《しゃべ》りをするのが、まるで友人《ゆうじん》や年配知人《ねんぱいちじん》と話《はな》

服的學生們擠在店裡，大家熱鬧地一起吃著可麗餅的情景。有時回家後因為吃不下晚餐，被媽媽發現偷吃了可麗餅。在商店街的深處，有一間老字號澡堂。購物完的客人們，拎著沉重的袋子「稍微休息一下」就會來這裡放鬆。我也常和朋友一起來。舒服地泡在浴池裡，站起來的瞬間不小心看到男湯的大叔們在泡澡... 也發生過這樣的趣事。這些都是我珍貴的學生時代，既快樂又難忘的回憶。

時光飛逝，已經成為大人的現在，商店街的面貌也發生了巨大的改變。近幾年來，由於網購和連鎖店的興起，許多商店街經營困難，充滿人情味的

單字

1. 憩《いこ》い 名 休息、歇息、放鬆
2. 忘《わす》れがたい い形 難以忘懷、難忘的
3. たわいもない い形 無聊的、沒什麼內容的

しているかのようで、心《こころ》が温《あたた》まりました。これらの感動《かんどう》は、チェーン店《てん》では味《あじ》わえないものです。

大学《だいがく》を卒業《そつぎょう》して仕事《しごと》を始《はじ》めてからは、思《おも》い出《で》の詰《つ》まった商店街《しょうてんがい》を訪《おとず》れる機会《きかい》が少《すく》なくなりました。再《ふたた》び訪《おとず》れたときには、家族《かぞく》や子供《こども》たちを連《つ》れてでの人生《じんせい》の新《あたら》しいステージに立《た》っていました。それでも、一部《いちぶ》の店《みせ》は変《か》わらずそこに佇《たたず》んでいて、まるで「おかえりなさい」と言《い》っているようでした。久々《ひさびさ》に学生時《がくせいじ》代《だい》に通《かよ》っていたクレープ屋《や》に子供《こども》たちを連《つ》れて行《い》ったときには思《おも》い出《で》が一気《いっき》によみがえり、懐《なつ》かしい気持《きも》ちになりました。20年以《ねんい》上《じょう》変《か》わらない味《あじ》と店内《てんない》の装飾《そうしょく》に、学生時代《がくせいじだい》に戻《もど》った気持《きも》ちになりました。カウンターの「お姉《ねえ》さん」も今《いま》では「おばちゃん」になっていましたが、相変《あいか》わらず笑顔《えがお》が素敵《すてき》でした。彼女《かのじょ》は私《わたし》のことを覚《おぼ》えていないかもしれませんが、私《わたし》にとっては彼女《かのじょ》は懐《なつ》かしい存在《そんざい》です。家族《かぞく》を連《つ》れて、思《おも》い出《で》の商店街《しょうてんがい》を歩《ある》きながら、自分《じぶん》の思《おも》い出《で》を語《かた》りました。当時《とうじ》、

店家接連關門。取而代之的是越來越多的大型連鎖店。雖然居酒屋連鎖店和迴轉壽司確實方便又乾淨，料理也美味，價格也便宜，但就是缺少了老店特有的人情味。在傳統的店鋪裡，不用多說只要說聲「老樣子」就能點到想要的餐點，或是在吃拉麵時邊和店員聊天，就像和朋友或長輩說話一樣，讓人打從心底感到溫暖。這些感動是在連鎖店裡無法體會的。

大學畢業開始工作後，回到充滿回憶的商店街的機會變少了。再次造訪時，已經是帶著家人和孩子們，進入人生的新階段。即便如此，部分店家依然佇立在那裡，彷彿在說「歡迎回來」似的。當我帶著孩子們去學生時代常去的可麗餅店時，回憶一下子湧上心頭，非常懷念。二十多年不變的口味和店內裝潢，讓我有種回到學生時代的感覺。櫃台的「姐姐」變成了「阿姨」，但笑容依然如此燦爛。她可能不記得我了，但對我來說，她是一

夫《おっと》や子供《こども》たちはまだいませんでしたが、言葉《ことば》を通《つう》じて、まるで彼《かれ》らもそこにいたかのような気持《きも》ちになり、20年前《ねんまえ》の景色《けしき》を一緒《いっしょ》に歩《ある》いているような感覚《かんかく》になりました。

人《ひと》は人生《じんせい》の中《なか》で常《つね》に前進《ぜんしん》していきます。すぐに忘《わす》れられてしまう風景《ふうけい》や、すれ違《ちが》っただけの二度《にど》と会《あ》うことのない人《ひと》もいます。しかし、忘《わす》れがたい人《ひと》との出会《であ》いや出来事《できごと》もそこには存在《そんざい》するのです。授業《じゅぎょう》をサボってクラスメイトと一緒《いっしょ》に商店街《しょうてんがい》のカフェでおしゃべりしたこと、街《まち》をぶらぶらして疲《つか》れたらネットカフェで一休《ひとやす》み《み》したこと、放課後《ほうかご》に串焼《くしや》き屋《や》で先生《せんせい》の愚痴《ぐち》を言《い》いながら串焼《くしや》きを食《た》べたこと、当時《とうじ》は何気《なにげ》ない日常《にちじょう》に思《おも》えたこれらの出来事《できごと》こそが、人生《じんせい》の中《なか》で最《もっと》も幸《しあわ》せな瞬間《しゅんかん》だったのかもしれません。

日本《にほん》を離《はな》れて台湾《たいわん》で働《はたら》くようになり、幸《しあわ》せな日々《ひび》を送《おく》っているものの時々《ときどき》思《おも》い出《だ》すことがあります。当時《とうじ》一緒《いっしょ》に勉強《べんきょう》した友人《ゆうじん》や、一緒《いっしょ》に遊《あそ》んで一緒《いっしょ》に大《おお》きくなった近所《きんじょ》のお友達《ともだち》、

個令人懷念的存在。帶著家人走在充滿回憶的商店街上，我向他們訴說著自己的回憶。雖然當時還沒有丈夫和孩子們，但透過言語，彷彿他們也曾在那裡，像是一起走在二十年前的情景中。

人在人生中不斷的前進。有些風景會很快被遺忘，有些擦肩而過的人再也不會相遇。但是，也存在著難以忘懷的人和事物。翹課和同學一起在商店街的咖啡廳聊天、逛累了就在網咖休息、放學後在串燒店一邊抱怨老師一邊吃著串燒，這些當時覺得稀鬆平常的事情，可能正是人生中最幸福的時刻。

離開日本到台灣工作後，雖然過著幸福的日子，但有時還是會想起。當時一起讀書的朋友、一起玩耍、一起長大的鄰居朋友、精神抖擻地大喊「歡迎光臨！」的拉麵店老闆。如果您曾經去過日本的商店街，請務必再去看看。不只是觀光著名的商店街，也推

「いらっしゃい！」と元気《げんき》よく声《こえ》をかけてくれたラーメン屋《や》の店主《てんしゅ》のことです。もし日本《にほん》の商店街《しょうてんがい》を訪《おとず》れたことがある方《かた》は、ぜひ一度《いちど》足《あし》を運《はこ》んでみてください。観光地《かんこうち》として有名《ゆうめい》な商店街《しょうてんがい》だけでなく、地元《じもと》の人々《ひとびと》が日常的《にちじょうてき》に利用《りよう》する商店街《しょうてんがい》にも訪《おとず》れてみるのをお勧《すす》めします。そこには、テレビやSNSでは見《み》られない、日本人《にほんじん》の素顔《すがお》や暮《く》らしぶりが息《いき》づいています。まだ商店街《しょうてんがい》を訪《おとず》れたことがない方《かた》も、次回日本旅行《じかいにほんりょこう》の際《さい》には、ぜひ商店街散策《しょうてんがいさんさく》の時間《じかん》を作《つく》ってみてください。観光客向《かんこうきゃくむ》けのお土産《みやげ》を買《か》うだけでなく、地元《じもと》のお惣菜《そうざい》を買《か》って公園《こうえん》で食《た》べたり、古《ふる》くからある喫茶店《きっさてん》でひと休《やす》みしたり、銭湯《せんとう》で地元《じもと》の人々《ひとびと》と触《ふ》れ合《あ》ったりしてみてください。きっと新《あたら》しい日本《にほん》の魅力《みりょく》を発見《はっけん》することができるはずです。商店街《しょうてんがい》は、日本《にほん》の庶民《しょみん》の生活《せいかつ》と文化《ぶんか》が息《いき》づく、**かけがえのない**場所《ばしょ》なのです。

薦去看看當地人日常生活的商店街。那裡有著在電視和社群媒體上看不到的日本人的真實面貌和生活方式。還沒去過商店街的朋友，下次去日本旅行時，也請安排一些時間逛逛商店街。不只是買觀光客喜歡的伴手禮，也可以買些當地的熟食在公園裡享用，在充滿年代的咖啡廳休息，或是在澡堂與當地人交流。相信一定能發現日本的新魅力。商店街是日本庶民生活和文化得以延續的珍貴場所。

單字

1. かけがえのない 連體詞 無可替代的、無法取代的、珍貴的

038

日本の伝統的商店街で過ごした温もりのある一日

日本《にほん》の伝統的《でんとうてき》な商店街《しょうてんがい》に初《はじ》めて足《あし》を踏《ふ》み入《い》れた瞬間《しゅんかん》、別世界《べつせかい》に入《はい》り込《こ》んだような気《き》がした。昭和《しょうわ》の風情《ふぜい》に満《み》ち、古《ふる》い石畳《いしだたみ》の小路《こうじ》の両《りょう》脇《わき》には小《ちい》さな店《みせ》が並《なら》び、手描《てが》きの看板《かんばん》と紅白《こうはく》の提灯《ちょうちん》が所狭《ところせま》しと飾《かざ》られている。通《とお》りにはパンの香《かお》りと焼《や》き魚《ざかな》の煙《けむり》が漂《ただよ》い、威勢《いせい》の良《よ》い店《てん》主《しゅ》の掛《か》け声《ごえ》も響《ひび》き渡《わた》る。思《おも》わず足《あし》を緩《ゆる》め、人《にん》情味《じょうみ》溢《あふ》れるこの空間《くうかん》に溶《と》け込《こ》みたくなった。

小《ちい》さな和菓子店《わがしてん》に入《はい》った。入口《いりぐち》には「和菓《わが》子《し》」と記《しる》された木《き》の看板《かんばん》が掛《か》かっている。店《てん》内《ない》は簡素《かんそ》ながら温《あたた》かみがある。カウンターの向《む》こうには笑顔《えがお》の素敵《すてき》なお婆《ばあ》さんが立《た》っている。私《わたし》が入《はい》るなり、「いらっしゃいませ！」と親切《しんせつ》に挨拶《あいさつ》をしてくれた。微笑《ほほえ》み返《かえ》し、**辿々《たどたど》しい**[1]日本語《にほんご》で訊《たず》ねた。「これはどのような和菓子《わがし》ですか？」丁寧《ていねい》に説明《せつめい》しながら、数個《すうこ》を取《と》り出《だ》して試食《ししょく》させてくれた。精緻《せいち》な外観《がいかん》で、細《こま》やかな**口当《くちあ》たり**[2]。甘《あま》さも程《ほど》よくさらに食《た》べたくなる。

試食後《ししょくご》、大好物《だいこうぶつ》の小豆大福《あずきだいふく》と抹茶羊羹《まっちゃようかん》を数個《すうこ》選《えら》んだ。**会計《かいけい》**[3]の時《とき》にお婆《ばあ》さんは俄《にわか》に微笑《ほほえ》み、

在日本傳統商店街的溫馨一日

初次踏上日本傳統商店街，彷彿置身於另一個時空。那是一條充滿昭和風情的小街，鋪著古老的石板路，兩旁的小店依次排列，掛滿手繪招牌與紅白相間的燈籠。空氣中飄著麵包的香氣和烤魚的煙味，還伴隨著店家熱情的招呼聲，讓人不自覺放慢腳步，融入這片充滿人情味的街區。

我走進一家小小的日式甜點店，門口掛著一塊寫著「和菓子」的木牌，店內布置簡樸而溫馨，櫃檯後站著一位笑容可掬的老奶奶。「いらっしゃいませ！」她看到我進來，立刻親切地打招呼。我回以微笑，略帶生澀地用日語詢問：「請問這是哪一種和菓子？」她耐心地一邊解釋，一邊拿出幾個甜點給我試吃。這些甜點外表精緻，口感細膩，帶著剛剛好的甜度，讓人忍不住多吃幾口。

試吃之後，我挑了幾個自己最喜歡的

「こちら、当店特製《とうてんとくせい》の季節限定品《きせつげんていひん》です。**差《さ》し上《あ》げる**[4]ので**召《め》し上《あ》がって**[5]ください」と言《い》って美《うつく》しい包装《ほうそう》の小《ちい》さな箱《はこ》に入《はい》った柿羊羹《かきようかん》をくれた。思《おも》わぬ心遣《こころづか》いに感激《かんげき》、感動《かんどう》し、重《かさ》ねて礼《れい》を述《の》べた。単《たん》なる通《とお》りがかりの観光客《かんこうきゃく》ではなく、古《ふる》い友人《ゆうじん》のように扱《あつか》ってくれる**おもてなし**[6]の精神《せいしん》を感《かん》じた。

続《つづ》いて八百屋《やおや》に入《はい》った。陳列台《ちんれつだい》には旬《しゅん》の新鮮《しんせん》な青果《せいか》が**ぎっしり**[7]と積《つ》まれている。紫《むらさき》のナスを興味深《きょうみぶか》く眺《なが》めていると、意気軒昂《いきけんこう》な店主《てんしゅ》のおじさんが声《こえ》を掛《か》けてくれた。「これは長野県特産《ながのけんとくさん》の水《みず》ナスです。生《なま》で食《た》べるとシャキシャキして、漬物《つけもの》にもいいですよ」。そして、

單字

1. 辿々《たどたど》しい [な形] 笨拙的、不流利的
2. 口当《くちあ》たり [名] 口感、口味
3. 会計《かいけい》 名 結帳
4. 差《さ》し上《あ》げる [動] 給予、奉送，「あげる」的敬語形式
5. 召《め》し上《あ》がる [動] 吃、用餐，「食《た》べる」的敬語形式
6. おもてなし [名] 款待、招待
7. ぎっしり [副] 緊密地、滿滿地

紅豆大福和抹茶羊羹，準備結帳時，老奶奶忽然笑著說：「這個是我們店裡特製的季節限定，送您一份嘗嘗看。」她遞給我一小盒包裝精美的柿子羊羹。我受寵若驚地連忙道謝，心裡既感激又感動，這樣的待客之道讓我感覺像是被當作老朋友般看待，而不僅僅是個過路的旅人。

接著，我又走進一家八百屋，這裡的小菜攤上堆滿了當地新鮮的蔬果。老闆是一位精神矍鑠的大叔，他看我對一種紫色的茄子感到好奇，主動介紹說：「這是長野縣特產的水茄子，生吃非常清脆，也可以拿來做日式醃漬小菜。」大叔不僅向我推薦食材，還教我簡單的醃製方法，他用簡單的語句解說，甚至畫出手勢模仿切菜的動作。我被他的熱情感染，忍不住買了一袋茄子，準備回去試著做一次。

逛了幾家店之後，肚子有點餓了，我決定在街邊的小居酒屋解決午餐。這

シンプルな日本語《にほんご》に野菜《やさい》を切《き》る**手振《てぶ》り**[1]を交《まじ》えながら、お薦《すす》めの食材《しょくざい》と簡単《かんたん》な漬《つ》け方《かた》を紹《しょう》介《かい》してくれた。その優《やさ》しさに感化《かんか》され、帰《かえ》ってから試《ため》してみようとナスを一袋《ひとふくろ》買《か》った。

何軒《なんけん》か回《まわ》って小腹《こばら》が空《す》いたので、通《とお》りの小《ちい》さな居酒屋《いざかや》で昼食《ちゅうしょく》をとることにした。入口《いりぐち》に竹《たけ》の簾《すだれ》が掛《か》かっている。中《なか》は広《ひろ》くないが、温《あたた》かみがある。店主《てんしゅ》の中年《ちゅうねん》夫妻《ふさい》が客《きゃく》を接待《せったい》している。看板《かんばん》メニューの串焼《くしや》きをお薦《すす》めしてくれた。熱々《あつあつ》の串焼《くしや》きがテーブルに置《お》かれ、香《かお》りが鼻《はな》をくすぐる。一口《ひとくち》食《た》べると、肉《にく》は柔《やわ》らかくジューシーな味《あじ》わい。合《あ》わせて冷《ひ》えた麦茶《むぎちゃ》を飲《の》むと、一日《いちにち》の疲《つか》れが一気《いっき》に吹《ふ》き飛《と》んだ。

商店街《しょうてんがい》を離《はな》れた私《わたし》は、心《こころ》から満《み》たされていた。単《たん》に美味《おい》しい和菓子《わがし》と新鮮《しんせん》な野菜《やさい》を買《か》えたからではなく、人情味《にんじょうみ》に感動《かんどう》したからだ。どの店《みせ》の店主《てんしゅ》も本当《ほんとう》に親切《しんせつ》で、彼《かれ》らの笑顔《えがお》と優《やさ》しい言葉《ことば》に客《きゃく》はみな**アットホームな**[2]温《ぬく》も

家居酒屋的門口掛著幾串竹簾，內部空間雖然不大，但很溫馨。店主是一對中年夫婦，他們親自招呼客人，並推薦我試試他們的招牌串燒。當熱騰騰的串燒端上桌時，香氣撲鼻而來，我咬下一口，肉質鮮嫩多汁，配上一杯冰涼的麥茶，瞬間覺得這一天的疲憊都消散了。

走出商店街時，我感到心滿意足，不只是因為買到美味的和菓子和新鮮的蔬菜，更因為這裡的人情味深深打動了我。每一家店的老闆都真誠熱情，他們用微笑和溫暖的話語讓每位顧客感受到賓至如歸。這裡的每一個人、每一間店鋪，都彷彿成為這條街的靈魂，共同營造出一種溫暖的社區氛圍。

如果有機會到日本旅遊，我真心推薦一定要造訪一趟傳統商店街。無論是品嚐當地的小吃、挑選精緻的手工藝

文法

「～ことにする」(決定～做、決定去做～)

「～ことにする」表示決定做某事，用來表達某人作出了某個選擇或決定，並且會按照這個決定行動。用於說明個人意志、決定或計劃。

例句 1：「明日《あした》からダイエットをすることにする。」（我決定從明天開始節食。）

例句 2：「来週《らいしゅう》、旅行《りょこう》に行《い》くことにした。」（我決定下週去旅行。）

りを感《かん》じる。全《すべ》ての人《ひと》、全《すべ》ての店《みせ》が、この場《ば》所《しょ》の魂《たましい》として地域《ちいき》の温《あたた》かい雰囲気《ふんいき》をつくり出《だ》しているかのようだ。

日本《にほん》へ旅行《りょこう》に行《い》く際《さい》は、伝統的《でんとうてき》な商店街《しょうてんがい》に足《あし》を運《はこ》ぶことを心《こころ》から推奨《すいしょう》する。地元《じもと》の庶民料理《しょみんりょうり》を味《あじ》わうにせよ、精緻《せいち》な工芸品《こうげいひん》を買《か》うにせよ、親切《しんせつ》な店主《てんしゅ》と会話《かいわ》するにせよ、日本《にほん》の人《にん》情味《じょうみ》の素晴《すば》らしさを実感《じっかん》できる。商店街《しょうてんがい》は単《たん》なる買《か》い物《もの》の場所《ばしょ》ではなく、現地《げんち》の暮《く》らしと文化《ぶんか》が感《かん》じられる空間《くうかん》でもある。商店街《しょうてんがい》で過《す》ごす時間《じかん》はどの瞬間《しゅんかん》も貴重《きちょう》な宝物《たからもの》となり、また来《き》たいと思《おも》わせてくれる。

品，還是與親切的店主聊聊天，都能讓你體會到日本人情味的美好。商店街不僅是購物的地方，更是一個能夠感受到當地生活與文化的窗口。在這裡，每一刻都值得珍藏，讓人不禁期待下一次再訪的機會。

單字

1. 手振《てぶ》り 名 手勢、手的動作
2. アットホームな な形 溫馨的、有家的感覺的
   （英 at home）

豆知識

「おもてなし」：表示款待、招待或熱情接待。這個詞彙用於描述主人對客人表現出的禮貌、好客與照顧，不僅僅是指提供食物和飲品，還包括全方位的服務和對客人需求的關注。

延伸說明：

「おもてなし」強調的不僅是物質上的接待，更包括情感上的體貼和尊重。這個詞語深植於日本文化中，尤其在傳統的茶道、接待來賓的場合、餐飲業等場景中尤為重要。

「おもてなしの心《こころ》」（接待的心意）：被視為表現日本文化精緻和尊重他人的一個象徵。

039

「○○銀座」と名取る商店街

日本《にほん》の最《もっと》も代表的《だいひょうてき》な商業《しょうぎょう》エリアである銀座《ぎんざ》には、シャネル、ルイ・ヴィトン、ブルガリなどの高級《こうきゅう》ファッションブランドの店《みせ》や、ユニクロ、GU、ZARAなどのファストファッションブランドの旗艦店《きかんてん》、東急《とうきゅう》プラザなどの大型《おおがた》複合《ふくごう》ショッピングセンターが集《つど》う。マクドナルドやスターバックスなどの飲食《いんしょく》チェーン大手《おおて》も、日本一号店《にほんいちごうてん》は銀座《ぎんざ》に開設《かいせつ》した。

銀座《ぎんざ》は「高級《こうきゅう》」、「ファッション」の代名詞《だいめいし》でもある。もともとの意味《いみ》は「銀貨鋳造所《ぎんかちゅうぞうじょ》」。西暦一六〇三年《せいれきせんろっぴゃくさんねん》、乱世《らんせ》を終《お》わらせ、江戸幕府《えどばくふ》を開《ひら》いた徳川家康《とくがわいえやす》は、駿府《すんぷ》（静岡県《しずおかけん》）にあった銀貨鋳造所《ぎんかちゅうぞうじょ》を現在《げんざい》の銀座二丁目《ぎんざにちょうめ》に移《うつ》した。それから数百年間《すうひゃくねんかん》、銀座《ぎんざ》は幾度《いくたび》の大火事《おおかじ》や関東大震災《かんとうだいしんさい》に見舞《みま》われながらも、「帝都復興《ていとふっこう》」計画《けいかく》などの大規模《だいきぼ》な都市開発計画《としかいはつけいかく》により、天下《てんか》に名《な》を轟《とどろ》かす繁華街《はんかがい》となった。

銀座《ぎんざ》が「最先端《さいせんたん》の流行《りゅうこう》を発信《はっしん》する高級商店街《こうきゅうしょうてんがい》」として知《し》られるようになると、日本《にほん》の北《きた》は北海道《ほっかいどう》、南《みなみ》は鹿児島《かごしま》、沖縄《おきなわ》に至《いた》るまで、各《かく》

那些以銀座命名的商店街

無論是香奈兒、LV、寶格麗等高級時尚精品或UNIQLO、GU、ZARA等平價時尚品牌的旗艦店，松屋、三越等日本老牌百貨，以及東急PLAZA等大型複合式購物中心，皆坐落在日本最具代表性的知名商業區——銀座。就連麥當勞、星巴克等餐飲業連鎖品牌進軍日本時，也都會選擇在此設立首家分店。

儼然成為「高級」、「時尚」代名詞的銀座，在日文的原意為「銀幣鑄造所」。西元一六〇三年時，結束戰亂成立江戶幕府的德川家康，將原本位於靜岡縣「駿府」的銀幣鑄造所，遷址至現今的銀座二丁目。數百年來，儘管歷經幾次大火、關東大地震的摧殘，在「帝都振興」等大型都市開發計畫的推動下，仍打造出今時今日名聞遐邇的繁華商業地段。

地《ち》で「○○銀座《ぎんざ》」という商店街《しょうてんがい》や街《まち》、道路《どうろ》が多《おお》く誕生《たんじょう》した。日本統治時代《にほんとうちじだい》の台湾《たいわん》でも、台北《たいぺい》と高雄《たかお》の商業《しょうぎょう》の中心地《ちゅうしんち》はそれぞれ「台北銀座《たいぺいぎんざ》」、「高雄銀座《たかおぎんざ》」と呼《よ》ばれていた。

日本《にほん》の全国商店街振興組合連合会《ぜんこくしょうてんがいしんこうくみあいれんごうかい》の統計《とうけい》（二〇〇四年《にせんよねん》）によると、日本《にほん》の商店街一万《しょうてんがいいちまん》カ所余《しょあま》りのうち、「○○銀座《ぎんざ》」の名称《めいしょう》を有《ゆう》するのは三百《さんびゃく》カ所余《しょあま》り。銀座《ぎんざ》に匹敵《ひってき》するような商店街《しょうてんがい》をつくりたいという地元住民《じもとじゅうみん》の切実《せつじつ》な願《ねが》いがうかがえる。

日本《にほん》で初《はじ》めて「○○銀座《ぎんざ》」の名称《めいしょう》を有《ゆう》するようになった商店街《しょうてんがい》は、東京都品川区《とうきょうとしながわく》にある

而當銀座打響了「引領時尚潮流的高級商店街」的名號後，也讓日本各地開始仿效。北至北海道、南至鹿兒島、沖繩，出現許許多多以「〇〇銀座」命名的商店街、城鎮、路名。甚至連日治時期的台灣，南北各地的商業核心地帶也曾「台北銀座」、「高雄銀座」為名。

根據日本「全國商店街振興組合連合會」於二〇〇四年的統計，日本全國一萬多處的商店街中，共有三百多條皆以「〇〇銀座」命名，在在顯示當地居民盼能打造出一條足以媲美「銀座」的商店街的深切期待。

文法

「～に見舞《みま》われる」

遭遇～／受到～襲擊（通常是災難、不幸、負面狀況）

例句 1：地震《じしん》に見舞《みま》われ、多《おお》くの人《ひと》が避難《ひなん》を余儀《よぎ》なくされた。（遭遇地震，許多人被迫避難。）

例句 2：経済危機《けいざいきき》に見舞《みま》われた企業《きぎょう》は、人員削減《じんいんさくげん》を余儀《よぎ》なくされた。（遭遇經濟危機的企業不得不裁員。）

「戸越銀座商店街《とごしぎんざしょうてんがい》」だ。銀座《ぎんざ》は一九二三年《せんきゅうひゃくにじゅうさんねん》の関東大震災《かんとうだいしんさい》でほぼ壊滅状態《かいめつじょうたい》となり、低地《ていち》の戸越《とごし》は冠水《かんすい》に悩《なや》み、道路《どうろ》は雨《あめ》のたびに泥濘《でいねい》になる有様《ありさま》だった。そこで、がれきとなった銀座《ぎんざ》の赤《あか》レンガをもらい受《う》けて道路《どうろ》に敷《し》き詰《つ》め、排水工事《はいすいこうじ》などに活用《かつよう》したことで、いち早《はや》く復旧《ふっきゅう》できた。この縁《えん》から、戸越住民《とごしじゅうみん》は感謝《かんしゃ》の意《い》を示《しめ》すため、商店街《しょうてんがい》を「戸越銀座商店《とごしぎんざしょうてん》街《がい》」と命名《めいめい》した。その後《ご》、「○○銀座《ぎんざ》」という商店街《しょうてんがい》や街《まち》、道路《どうろ》が日本各地《にほんかくち》で雨後《うご》の筍《たけのこ》のように誕生《たんじょう》した。

ちなみに、「○○銀座《ぎんざ》」と称《しょう》されるのは地名《ちめい》にかぎらず、自然現象《しぜんげんしょう》が頻繁《ひんぱん》に発生《はっせい》する場所《ばしょ》や特定《とくてい》のものが大量《たいりょう》に集《あつ》まる場所《ばしょ》も「○○銀《ぎん》座《ざ》」と呼《よ》ばれることがある。例《たと》えば、九州《きゅうしゅう》と沖縄《おきなわ》は「台風銀座《たいふうぎんざ》」と呼《よ》ばれ、遺跡《いせき》の多《おお》い奈《な》良《ら》は「遺跡銀座《いせきぎんざ》」と称《しょう》される。このことからも、日本人《にほんじん》にとって「銀座《ぎんざ》」という名称《めいしょう》が重《じゅう》要《よう》な意味《いみ》を持《も》っていることが分《わ》かる。

日本第一條以「○○銀座」命名的商店街，則是位於東京品川區的「戶越銀座商店街」。一九二三年的關東大地震，不僅讓銀座差點毀於一旦，也讓地勢低窪的戶越面臨了淹水、雨後道路泥濘等問題。戶越於是利用自銀座清出的紅磚瓦礫，進行了道路鋪設、改善排水等工程，才得以迅速重建。因此，戶越居民為聊表謝意便將商店街命名為「戶越銀座商店街」。爾後，以「○○銀座」為名的商店街、城鎮、道路在日本各地也如雨後春筍般出現。

值得一提的是，除了地名外，某些自然現象頻繁發生或某些事物大量聚集之處，也會以「○○銀座」稱之。比方說，九州、沖繩的「颱風銀座」，擁有眾多歷史遺跡的奈良，則擁有「遺跡銀座」的綽號。由此可見，「銀座」的確在日本人心中佔有很重要的地位。

Part.5

專家視角

Special

錢湯是商店街之旅的最後一站

作者｜張維中

張維中

旅居東京多年的作家與媒體人，長期書寫日本文化與生活觀察，內容涵蓋都市風貌、庶民日常與人情世故，文字風格溫暖細膩，深受關注日本文化讀者喜愛，作品展現台灣人視角下的日本生活，具獨特觀察力與共鳴感。

居然又一個喜歡的事物要消失了。早晨，坐在電腦前開啟一天工作之際，忽然跳出一則令人失落的新聞。日本明治（MEJI）乳業宣布，2025 年 3 月底，停止銷售玻璃瓶裝的牛乳和咖啡牛乳。自從 1928 年以來就開始販售的瓶裝牛乳，走過九十七個年頭，竟然在即將慶祝屆滿一百年的前夕停賣了。理由是因為市場需求低落，調度玻璃瓶變得愈來愈困難。事實上在明治乳業停賣玻璃瓶裝牛乳以前，小岩井乳業和森永乳業早已分別在 2021 年和 2024 年宣布停賣瓶裝牛乳飲料。

其實，玻璃瓶裝牛乳本來在市面上已不容易買到，只有在住家訂購配送和錢湯才會出現。每次當我去商店街裡的錢湯泡完湯時，總習慣買一罐瓶裝咖啡牛乳或牛乳來喝。大概是被日劇給影響的，有模有樣學起日本人，總會在泡完湯以後來一罐牛乳，才有一種完成了泡湯行程的儀式感。我總以為泡湯後喝的飲品，必須是玻璃瓶裝的才有氣氛。紙容器或寶特瓶的就算再冰，也少了氣氛。因為玻璃瓶握在手中顯得冰涼，為熱呼呼的身體降降溫，非常合拍。大概就是一種窗外在下雪，而人待在暖氣房裡吃冰淇淋的反差，內心充滿小叛逆的暢快感。

然而，錢湯裡的瓶裝牛乳品牌一個又一個停產，從此以後「錢湯男子」又一個喜歡的事物要消失了。

日本「錢湯」也就是「公共浴場」，是日本文化的特色之一。雖然在其他國家也有公共浴場，但公共浴場在日本的人文歷史脈絡中，逐漸從日常習慣形成了特殊的錢湯文化。例如錢湯與玻璃瓶裝牛乳的連結，正是其中之一。

從錢湯衍生出來的藝術壁畫、建築設計與用具的周邊產品，也是錢湯文化的產物。還有的是無形的文化，像是錢湯成為社交場域，創造居民交流的機會。因為從前一般家庭沒有浴室，居民會到錢湯洗澡，熟客間彼此寒暄，形成特有的社交場所。現在家家戶戶都有浴室了，錢湯轉型成當地人的休閒設施，近年來則成為海外觀光客體驗日本懷舊風情的行程之一。

錢湯不是觀光用的溫泉設施，大多散見於住宅區，有很多的錢湯存在日本的商店街裡，是日本庶民文化的重要一環。

商店街內的錢湯特色，首先是地點便利。居民在買菜、逛街後順道可以去泡澡再回家，或者反過來，不少日本的年長者喜歡在錢湯一開門的午後兩、三點，先去錢湯泡個湯，然後再跟鄰居去喝個茶，最後傍晚買菜回家做晚餐。我曾經去過的東京「月島文字燒商店街」裡的「月島溫泉」錢湯，是很典型的例子。許多當地居住的阿公阿嬤等著錢湯開門，精神完全不輸給年輕人去環球影城排隊的活力。錢湯會針對年長的居民推出入浴優惠券，同時還會與商店街合作推出特定店家折扣。有些商店街的錢湯，會設定每週或每月的固定幾天，居民出示有記載地址的身份證明，就可享有周圍居民的特別折扣。

面對少子高齡化與使用者減少的挑戰，錢湯逐年減少。與此同時，有一批錢湯愛好者積極投入振興錢湯的工作。許多錢湯開始改造，例如許多錢湯開始提供漢方藥湯、電氣浴（微弱電流刺激肌肉）、碳酸泉等特色浴池，吸引不同客群。又或者讓錢湯有更多空間使用的可能性，增加咖啡廳、簡餐店、共用辦公空間等，甚至舉辦音樂會或藝術展覽，讓年輕世代也願意踏入。錢湯經營精緻化、文青化，開始與流行或爵士音樂、動漫跨界合作，讓錢湯文化符合社群媒體生態，同時累積更時尚、更深層的厚度。而在商店街內的錢湯，如何與所在的商店街特色作結合，資源共享，互助互惠，就是至關重要的課題。

大阪天神橋筋商店街內的「太平之湯」提供多種泡湯選擇，並與商店街合作推出美食加泡湯套票，是錢湯與商店街合作的範例。而在東京都內，多家位於商店街內極具人氣的錢湯不僅提供傳統的泡湯體驗，還透過與商店街的互動，積極活化社區，成為當地居民和遊客喜愛的場所。東京杉並區高圓寺的「小杉湯」創立於1933 年，是一座擁有唐破風屋頂的木造建築，被列為國家登錄有形文化財。錢湯以「牛奶浴」聞名，與附近的「高圓寺純情商店街」緊密聯繫，居民們常在逛街後前往小杉湯放鬆身心。小杉湯曾推出文青風月票，成為當地年輕人最愛的錢湯之一，也多次舉辦各種設計和文化活動，增進社區的凝聚力。

位於世田谷區的「櫻新町商店街」每逢初春會舉辦櫻花祭等活動，商店街的錢湯「栗之湯」也積極參與。櫻花祭期間栗之湯會提供特別的優惠或舉辦相關活動，吸引更多遊客前來體驗，進一步促進商店街的繁榮。

豐島區池袋的「妙法湯」會不定期與商店街共同舉辦各類交流活動，甚至跨越國境，觸角伸到海外。2023 年，妙法湯曾與「北投溫泉博物館」合作，舉辦了北投文化展示會，讓當地的日本民眾在東京即可體驗台灣的溫泉文化，不僅增進了商店街的人氣，還促進了台日兩地的文化交流。

至於位於墨田區錦糸町的「黃金湯」則是一家擁有近百年歷史的老錢湯。在新一代經營者的創新下，黃金湯與「四目通商店街」合作，將閒置空間改建為啤酒吧，並於2023年在商店街內開設精釀啤酒廠「BATHE YOTSUME BREWERY」，不僅為顧客提供泡湯後享用啤酒的全新體驗，還活化了商店街，吸引更多年輕人前來消費。

十幾年前，曾經有兩年的時間，我住在靠近東京「神樂坂通商店街」邊界，經常在這條路上吃吃喝喝，或者沒事就走走逛逛。在這條商店街內有「熱海湯」和「第三玉乃湯」兩座錢湯，其中，我最常去也最偏愛的是熱海湯。1954年起營業的熱海湯在神樂坂通商店街內的小巷內，曾是二宮和也主演日劇《料亭小廚師》（拜啟父上様）的拍攝場景。錢湯保留了傳統的宮造建築風格，內部裝飾有傳統的富士山錢湯壁畫和九谷燒的鯉魚及金魚瓷磚，雖然有點老舊，卻獨具風情。

錢湯的富士山壁畫

錢湯是商店街之旅的最後一站，卻也是感受日本風情的第一站。

每次泡完湯，買罐瓶裝咖啡牛乳，冰飲滑入喉嚨，那沁涼的一口，有著實實在在的感覺，讓我知道，此時此刻我不是在看日劇，我是在日本生活的東京居民了。

日本商店街的歷史傳承與地方創新

作者｜李長潔

相信各位讀者去日文觀光時，絕對會去各地的「商店街」走一趟，體驗當地的商業氣息與生活風情。日本的商店街，或龐大或迷你，都是作為地方經濟與社會文化的重要組成部分，承載著長久的歷史演變。這些商店街不僅是人們日常生活中的購物場域，亦為社區互動與交流的核心；其發展歷程可追溯至江戶時代，當時的市場與門前町（寺廟與神社周邊的商業區）開始成形，並隨著城鎮的發展而擴展。

商店街的源起

江戶時代的商店街通常依附於寺廟、城下町或主要道路沿線，形成集中的商業區域，以滿足居民與旅人的日常需求。這些商店街由個體經營的小規模商戶組成，販售日用品、食品與工藝品，並透過祭典與市集增加人流，強化地方的凝聚力。進入明治時代後，因應都市化的推進與鐵路交通的興起，商店街的形態逐漸穩

李長潔

淡江大學大眾傳播學系助理教授，世新大學傳播學博士，專長於未來學研究、科學傳播、數位語藝、文化研究等領域。曾任世新大學科學傳播研究與發展中心博士後研究員，創辦「偽學術」文化研究專頁，主持Podcast「偽學術｜認真聽」，探討社會現象。並於關鍵評論網撰寫專欄，分析新媒體與文化議題。其研究與教學涵蓋行銷傳播、傳播理論等，致力推動文化創意產業發展。

充滿懷舊感的東京佐竹商店街

固，成為都市與地方經濟的重要支柱。明治政府的現代化改革促進了工商業發展，商店街開始引進玻璃櫥窗、現代招牌與新式建築風格，使其逐漸轉型為近代商業區（岡崎篤行、原科幸彥，1994）。

第一次流通革命

然而，百貨公司的出現，直接對地方小店販售的形式（小売業）造成影響。日本最早的百貨公司可追溯至1904年，如當時東京的三越（Mitsukoshi）百貨店，引入歐美集中零售的概念，大丸（Daimaru）、高島屋（Takashimaya）等吳服行號陸續採取百貨公司的經營模式，逐漸為城市商業中心的重要部分。20世紀下半葉，特別是高度經濟成長期（1950年代至1970年代），日本的商業流通環境發生劇變。大量的大型百貨公司與超市相繼進駐都市核心區域。郊區則開始發展購物中心與量販店，對傳統商店街構成強烈競爭（根田克彥，2008）。

隨著消費者購物習慣的改變與汽車社會的形成，許多地方商店街開始面臨客流減少與商戶退出的挑戰。這種商業環境的轉變被稱為「流通革命」（林周二，1962），其影響至今仍在持續。面對這些變化，各地的商店街積極尋求創新與轉型。從1970年代開始，許多商店街採取「拱廊化」措施，改善購物環境；1990年代後，受到「街區再生」政策的推動，部分地區引入地方特色產品與觀光資源，以吸引新的消費群體。

日本型的流通革命

研究者滿薗勇（2015）指出另一種「日本型流通革命」，是日本戰後人口快速增加、大量化產生機制確立、消費需求增加後，細碎的零售商的線性聚集，專注於日常生活的消費，成為一種與百貨公司相當不同的流通革命。

當時商店街主要分成四種類型：

近鄰型商店街：距離住宅區較為近的商店街，地方媽媽可以用徒步、自行車就可以到達的地方，販售生活必需品（最寄品）。

地域型商店街：以較區域為主的商店街，徒步、自行車或是搭乘巴士可以到達，販售生活必需品與單價較高、需要思考後才會購買的商品（買回品）。

廣域型商店街：時常設置於鐵道車站附近的商店街，與鐵道公司的百貨抗衡，吸引以鐵路為移動方式的消費者。這裡通常混雜著百貨公司與一般商家，買回品的比例也更高。

三越百貨銀座店

超廣域型商店街：後來又發展出以大型購物中心為主體的「超廣域型商店街」，那是量販店出現後的事了。

發展至今，日本各地還是以近鄰型商店街與地域型商店街為多數，我們可以看見，例如，大阪的心齋橋商店街，透過百貨與多元化的店鋪組合，豐富的商業活動持續吸引年輕消費者；東京的「阿美橫丁」（アメ横）則利用市場集聚效應持續吸引國內外遊客。此外，商店街「聖地巡禮」等文化現象亦促使部分商店街與動漫、影視作品結合，形成新的商業模式，例如京都「錦市場」或「出町桝形商店街」。

近年商店街的地方創生

近年來，日本許多傳統商店街面臨衰敗問題，主要原因包括人口減少、高齡化以及電商與大型購物中心的競爭加劇。許多地方商店街因無法適應新的消費模式，而導致空置率升高，部分地區甚至成為「廢墟商店街」（如「下渕市場」等）。然而，為了應對這一困境，各地政府與民間團體積極推動「地方創生」計畫，以振興商店街。

地方創生的努力包括引入新商業模式，如結合觀光、文創與地產開發，吸引年輕創業者進駐。此外，一些商店街透過舉辦市集、文化活動與美食節來增加吸引力，並透過與當地特色產業合作，打造區域品牌。例如，大阪的「文の里商店街」透過與設計師的公眾討論，創造出店鋪幽默的文創海報；福岡市的柳橋連合市場則結合當地農產品，創造獨特的購物體驗。在在都顯示了，商店街對地方消費與社會生活的獨特重要性。

日本商店街的歷史發展與流通革命並非單純的興衰過程，而是一種動態的適應與創新。透過歷史回顧與現代實踐的分析，可以更全面地理解商店街如何在全球化與數位化時代中尋找生存之道，並重新塑造其作為地區社會與經濟核心的角色。

地域型的鶴橋商店街

大阪的「文の里商店街」創造出店鋪幽默的文創海報

參考文獻

1. 岡崎篤行、原科幸彦（1994）。歴史的町並みを活かしたまちづくりのプロセスにおける合意形成に関する事例研究 川越一番街商店街周辺地区を対象として。都市計画論文集，29，697-702。
2. 根田克彦（2008）日本における 「小売業の地理学」の研究動向とその課題。地理空間，1（2），128-141。
3. 林周二（1962）。流通革命：製品、経路および消費者。中公新書。
4. 満薗勇（2015）。商店街はいま必要なのか：「日本型流通」の近現代史。講談社。

轉型決定未來的課題：日本商店街的展望

作者｜張維中

走遍世界各地，發現很少有一個國家像是日本一樣，在許多城市的車站前，經常會出現一條令人「安心」的商店街。安心，當說起日本商店街的時候，我首先會想到這兩個字。初來乍到一座陌生的城鎮，在走出車站的瞬間也許感到茫然，但是只要發現有一條商店街的話，那麼走進去就對了。只要走進日本的商店街，無論對當地再怎麼陌生都不必擔心，這裡會給你滿滿的熟悉，讓你充滿安全感。

日本商店街在形態上很像是一個套裝模組，安裝在不同的城市裡。就像是日本的公寓或商務旅館的「Uni-Bath」套裝衛浴設備，使用規格一致的標準模組，日本商店街彷彿也是以這樣的形式出現。你閉著眼睛都能猜到，商店街裡會有哪些類型的店。超商、餐廳、咖啡店或喫茶店、美容理髮院是基本配備，稍微有點歷史的商店街則會有生鮮蔬果肉店、電器行，而居民多的就會有超級市場。藥妝店當然絕不能少，乾洗店、內科和牙醫診所和整體按摩院也一定會有。貼心的商店街會有百圓商店和幼兒園，再感人一點的話，還會有錢湯和寵物醫院。另外，即使現在很少人寫信了，郵局依然會出

張維中

旅居東京多年的作家與媒體人，長期書寫日本文化與生活觀察，內容涵蓋都市風貌、庶民日常與人情世故，文字風格溫暖細膩，深受關注日本文化讀者喜愛，作品展現台灣人視角下的日本生活，具獨特觀察力與共鳴感。

鐵捲門商店街

現。商店街裡進駐的店家很分工合作，規模愈小的，重複類型的店家就愈少。

東京都內的商店街，大到觀光型的戶越銀座商店街和巢鴨商店街，小到社區型的文京區江戶川橋地藏通商店街，甚至連24小時可隨時上陣的葬儀社都有。因此我曾和朋友開玩笑說：「生老病死，一條商店街全包辦了。」

為了滿足居民生活所需而誕生的商店街，最初與觀光無關，因此會出現的店家，都存在著濃郁的生活感。日本的商店街過去是地方社區的核心商圈，提供日常購物需求，也是鄰里交流的重要場所。然而，近年來受到連鎖複合式商場的崛起，電子商務網購的發展，以及人口老化與少子化影響，許多商店街已面臨衰退，陷入店鋪關門的困境。

這些年來，我走訪「都道府縣」各地，深刻感受到商店街衰敗的窘態，尤其在大城市以外的二、三線城鎮更為嚴重，因而誕生了「鐵捲門商店街」（シャッター商店街）這個日文名詞，指的是一眼望去，多是鐵門拉下來的倒閉店舖，大門深鎖的商店街。

日本商店街的未來發展，當前正進入關鍵階段。在前述的困境中，倘若不積極轉型，恐怕只會越來越凋零。所幸近來已有一些商店街，開始嘗試透過創新經營模式與社區合作，努力找回人氣。雖然因時空背景不同，難以重返往日榮光，但至少摸索出了獨特的魅力，在為當地民眾帶來地域性的需求之際，還吸引到遠道而來的觀光客。

綜觀振興商店街轉型的具體方案，大致可歸納如下：一、讓商店街多功能化：不只是購物，更是社區生活中心。二、青年創業與新品牌導入，吸引年輕族群。三、數位轉型，導入電子支付與線上行銷。四、結合旅遊觀光，發展地方特色商店街。五、閒置店鋪再利用，打造共享空間。六、影劇作品置入行銷，打造拍攝聖地巡禮。

在商店街內設置休憩空間，提供居民交流和休息場所，舉辦各種活動和講座，甚至做到防災和老年照顧，提升居民對商店街的依賴度，是商店街轉型成為社區生活中心，展現多功能化的展現。東京都小金井市

「KEYAKI（けやき）通商店會」，可謂是優良示範。尤其邁入高齡化社會，商店街也必須考量到利用者的需求，「KEYAKI（けやき）通商店會」和當前不少商店街一樣，開始提供送貨到府、代購等服務，讓行動不便的長者也能輕鬆購物。

如何吸引年輕人回流，是避免商店街老化凋零的課題。大阪「千日前道具屋筋商店街」提供創業支援，吸引年輕人開設特色店鋪，他們與政府合作，提供年輕人在此創業的補助金與低租金方案，積極導入新型態商店，如專賣咖啡器具、日式廚具的年輕店家，與傳統店舖形成互補。而素來有「高齡者天堂」之稱的「巢鴨地藏通商店街」在穩固高齡客層的同時，也引起不少吸引年輕人前來消費的店家類型，例如文青風的手沖咖啡店。因應時代改變，巢鴨商店街原本是以現金交易為主的商店街，如今也走向電子支付，並積極透過社群媒體如IG等宣傳，吸引年輕人和外國遊客。

其中，觀光旅遊行銷部分，至關重要。例如東京「谷中銀座商店街」，深知現在懷舊風情正夯，因此善加利用商店街內滿滿昭和感的特質，精緻化販售昭和復古點心、手工藝品、傳統和菓子，成功吸引尤其是歐美人的觀光客。此外，還與當地文化結合，舉辦「貓之日」活動，建築裝飾邀請東大美術系學生雕刻各種貓咪主題的店鋪看板，增加特色與話題性。香川縣高松市「丸龜町商店街」則與當地企業合作，舉辦「四國烏龍麵祭」、「瀨戶內藝術祭」等活動，吸引外地遊客。

閒置店鋪該怎麼再利用呢？長野縣「上田市海野町商店街」給了答案。他們將閒置商店轉型為共享辦公室，引入期間限定快閃店，提供遠端工作者到訪，讓創業者以低成本租用，創造新的人流。又或者，將未使用的老店舖改裝為藝術展演空間，吸引年輕藝術家進駐。

至於原本就具備相當人氣的知名商店街，則以整合的方式，繼續壯大聲勢。東京淺草地區在2024年11月，成立了全新的「東京國際通商店街」，全長約3公里，號稱是日本最長的商店街，超越了原本最長的商店街，大阪「天神橋筋商店街」。「東京國際通商店街」由四個商店街合併而成，包含一葉櫻開運、一葉櫻國際通、草國際通和藏前商店街。整合以後，從北端的三之輪，經過昭和風情的淺草，直至南端的文創區域藏前，展現豐富的下町風情與現代創意，提供多樣化的購物與觀光體驗。

幾乎每一條日本商店街都有自己的商店街振興會或商店街聯合會。商店街聯合會在日本的商店街發展中扮演關鍵角色，是溝通政府與商家的橋樑，也是推動商店街行銷與轉型的推手。日本商店街的未來發展，透過商店街振興會凝聚店家的向心力，協助轉型和提供經營者新點子，才能夠持續吸引消費者，不被時代變遷給淘汰。

音檔
使用說明

STEP ①

掃描上方 QRCode

STEP ②

快速註冊或登入 EZCourse

STEP ③

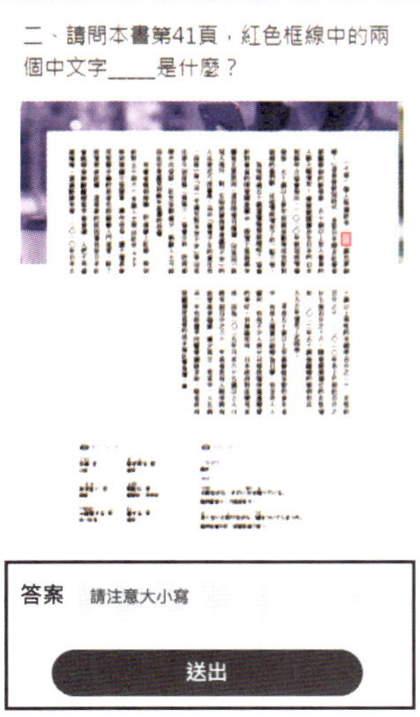

回答問題按送出

答案就在書中（需注意空格與大小寫）。

STEP ④

完成訂閱

該書右側會顯示「**已訂閱**」，表示已成功訂閱，即可點選播放本書音檔。

STEP ⑤

點選個人檔案

查看「**我的訂閱紀錄**」會顯示已訂閱本書，點選封面可到本書線上聆聽。

日本商店街巡禮 : Nippon 所藏日語嚴選講座 /EZ Japan 編輯部著 ; 田中裕也翻譯 . -- 初版 . -- 臺北市 : 日月文化出版股份有限公司 , 2025.06
面 ; 公分 . -- (Nippon 所藏 ; 22)

ISBN 978-626-7641-43-9 (平裝)

1.CST: 日語 2.CST: 讀本
803.18 114004021

Nippon 所藏／22

日本商店街：Nippon所藏日語嚴選講座

作 者 ： EZ Japan編輯部
翻 譯 ： 田中裕也
編 輯 ： 高幸玉
校 對 ： 高幸玉
配 音 ： 今泉江利子、吉岡生信
版型設計 ： 李盈儒
封面設計 ： 李盈儒
內頁排版 ： 簡單瑛設
插 畫 ： 馮思芸
行銷企劃 ： 張爾芸

發 行 人 ： 洪祺祥
副總經理 ： 洪偉傑
副總編輯 ： 曹仲堯
法律顧問 ： 建大法律事務所
財務顧問 ： 高威會計師事務所

出 版 ： 日月文化出版股份有限公司
製 作 ： EZ叢書館
地 址 ： 臺北市信義路三段151號8樓
電 話 ： (02) 2708-5509
傳 真 ： (02) 2708-6157
客服信箱 ： service@heliopolis.com.tw
網 址 ： www.heliopolis.com.tw
郵撥帳號 ： 19716071日月文化出版股份有限公司

總 經 銷 ： 聯合發行股份有限公司
電 話 ： (02) 2917-8022
傳 真 ： (02) 2915-7212

印 刷 ： 中原造像股份有限公司
初 版 ： 2025 年 6 月
初版4刷 ： 2025 年 7 月
定 價 ： 400 元
I S B N ： 978-626-7641-43-9